KB207888

한 뼘 한 뼘

마음을
다독이는
힐링토끼의
공감동화

한
뼘
한
뼘

강 예 신 글 · 그림

예담

원고를 넘기고 나니 출판사에서 작가의 글을 써달라는 연락이 왔다.
실은 책을 준비하면서 줄곧 그것을 고민했었다.
어떻게 써야 근사할지 이런저런 문구를 상상해보곤 했다.
이 몇 줄을 쓰기 전까지도 머리를 쥐어짜내며 미술이 어떻고,
삶이 어떻고 하는 실없는 말들을 써내려갔다.
거기에는 처음 책을 낸다는 것에 대단히 격양되어 있는 내가 있었다.
그래서 그럴듯하고도 멋있는 말들을 하고 싶었던 모양이다.

사실은 말이다. 그림을 그리는 동안 이 책을 읽는 한 사람이라도
잠시 행복해졌으면 하는 바람, 누군가 한 순간이라도 따뜻하게 웃었으면 하는
단순하고 명쾌한 희망밖에 없었는데 말이다.
가져야 할 것이 갖고 싶은 것이 너무 많아 마음이 비좁고,
분주한 세상 좇아야 할 보폭이 벅차 고단한 순간이 올 때,
잠시 휴식이 되어주는 착한 책이 되길 소망하는 거창한 꿈도 조금은 담겨져 있다.

그래서 지금 이 문장과 눈 맞추고 있는 당신,
꼭 당신에게 나의 이런 소소하고도 거창한 바람이 닿기를 희망한다.

한 뼘 한 뼘 자라고 자라
내가 나에게,
그대가 그대에게 닿기를…….
그래서 내가, 그대가, 우리가
내내 가식 없이 행복하기를…….

차례

1장
토닥토닥

2장

그래그래

3장
가만가만히

4장

한뼘한뼘

장주지몽 – 분명함의 불확실성.
oil on canvas. 130cm×97cm. 2013.

1장
___
토닥토닥

구겨진 마음을 다려드립니다

의심하는 마음, 오해하는 마음,
미움으로 구겨진 마음들을 다려드려요.
잠시 반듯해진 마음이 금세 구겨지거든 다시 찾아오세요.
얼마든지 새로 다려드릴게요.
그러다 보면 언젠가는
구겨진 기억보다 반듯했을 때가 더 익숙해지겠지요.

콩 한 쪽도 나눠 먹으라니!
그게 말이 돼?

그럴 수도…… 있 겠 다.

끄덕끄덕

"나중에 말이지, 돈을 많이 벌게 되면
가난한 사람들과 나누면서 그렇게 살고 싶어."

알고 보면 착한 우리는 흔히 이런 말을 한다.
아직은 내가 가진 게 없어서, 생활이 너무 빠듯해서,
또한 이런저런 이유로 나는 늘 무엇을 나눌 여유가 없었다.
이러다가 나중은 정말 영원히 내게 오지 않을 것 같다.
그런데 정직하게 말하자면 그 까닭은……
가진 것이 적기 때문이 아니라,
내 마음이 콩보다 작기 때문이었다.
그래서 이제는 마음 한 자락을 타인과 나누는 것조차
버거운 이가 되어버렸다.

가진 게 콩 한 쪽보다는 언제나 크다는 걸 알면서도
'아직은'이라 말하는 나를 연민한다.

24시간이 모자라

있지……
어제를 조금 아껴 쓰지 그랬어!

미안해! 백 원

노랗게 봄이 피어나면,
나의 이기적인 봄에게도 되뇌곤 한다.

미안해.
미안해…… 백 원!

몽글몽글 봄이 피면,
학교 앞 작은 상자에서 들리던 노오란 재잘거림…….
그 마법에 빠져 병아리를 집안에 들이는 순간,
지독한 사랑도 시작되었다.

온종일 두 손에 병아리를 담아 부비고 부비며
아낌없는 나의 사랑을 보여줬더랬다.
그러나 매번 야속한 병아리는
나의 넘치는 사랑에도 불구하고 힘없이 죽어갔다.

뒷산에 수많은 병아리가 어린 눈물과 함께
묻혀가는 봄들이 지나가고,
이제 그들을 향한 깜찍했던 열망보다
더 복잡한 세상을 알고 나서야 깨달았다.

사랑이 독이 될 수도 있다는 것을…….

충분히 자야 했고 편히 쉬어야 할 여린 그들에게
나의 사랑은 성가신 괴롭힘이었다.
사랑의 시작은 상대에 대한 이해라는 것을,
적당한 거리에 사랑의 자리도 있을 수 있다는 것을
나는 미처 몰랐었다.

그대로 멈춰라

줄을 맞추고 사진사가 셔터를 누르는 순간,
그렇게 세상이 멈추기를 바랐다.
그럼 이렇게 많은 아이들 틈에서
영원히 정지할 수 있었을 것을……
혼자라는 공허함을 감당하는
앞날의 시련을 맞이하지 않았을 것을……
그러나 시간이 멈추는 일은 결코 일어나지 않았고,
이제는 단체 사진을 찍는 일도 없다.

학교가 끝나고 집에 오면 아무도 없는 날이 많았다.
집이 적막하다고 느꼈고, 세상에 나 혼자인 양 스산한 마음이었다.
장난감이 많은 아이보다 형제, 자매가 있는 친구들이 부러웠다.
그런 친구에게는 이상하게 발랄한 에너지가 뿜어져 나와
나도 모르게 의기소침해지곤 했다.

어린 시절을 할머니와 보낸 나는 그렇게 유년 내내
외로움 위로 둥둥 떠다니는 섬처럼 지냈었다.
그래서 밤잠을 설치며 우리들을 설레게 했던
소풍의 기억은 내게는 좀 다른 의미였다.

생각해 보면 별일은 아니었다.
단체로 산을 오르고, 점심을 먹고,
보물을 찾고, 사진을 찍는 일이 전부였다.
할머니의 김밥은 매번 풀어헤쳐져 너덜거렸고,
한 번도 보물 같은 것은 찾아본 적이 없으며,
장기자랑을 할 만큼 재주도 발랄함도 가지지 못한 채,
별다를 것도 없는 소풍이었지만
그럼에도 그렇게 떼로 있는 것이 좋았다.
공허하지 않고, 쓸쓸하지 않았기에
내게 소풍은 따뜻한 날이었다.

단체사진을 찍을 때가 되면 소풍도 끝이 난다는 신호인데,
그때가 되면 사뭇 진지하게 시간이 그대로 멈추기를 기도했다.
다시 적막으로 돌아가야 할 12시를 알리는 시계추처럼
찰칵하는 셔터 소리가 들리면 정말 소풍은 끝이 난다.
더욱 창백해진 집으로 돌아가야 함에 서글퍼지는 시간이었다.

어른이 되어 떼로 있어도 공허하고 더 쓸쓸한 날을 경험하고 난 후,
그런 날이 상처받는 날보다는 훨씬 괜찮은 하루임을 알았다.

꽁꽁 얼어버린 강물 속에서도 네가 잘 지내는지 나는 무척 궁금했어.
그래서 이렇게 안부를 묻는 거란다.

안부인사

추운 겨울, 얼음을 깨어 구멍을 내고 낚싯대를 드리운다.
20센티미터가 넘는 두꺼운 얼음에 구멍을 뚫는 것도,
차디찬 얼음판 위에서 발끝으로 전해지는 시린 전율을
올곧이 견디는 것도 쉬운 일은 아니다.
무엇보다 수면이 얼음으로 덮여 있는 터라,
물고기의 존재에 대한 의구심 때문에 얼음낚시는 더 초조하다.

날도 추운데 굳이 매서운 바람을 맞으며
뭐 하러 그런 일을 하는 건지 이해할 수 없다면,
그냥 한겨울 얼어붙은 물아래 사는
물고기의 안부를 묻는 거라 생각해줘.

기억제거기

기억해야 하는 것은 잊어버리고,
잊고 싶은 기억은 선명하게 떠오른다.

망각이 아닌 완전히 기억에서 지우고 싶은 것들이 있다.

상처주고 상처받았던 뾰족한 나,
너무나 어리석어 부끄러운 나,
정정당당하지 못했던 나……
그런 것들을 지우고 싶다.

초대

세상 어느 실보다 솜씨 좋게 짜인
아라크네의 집으로 놀러오세요.
이곳은 당신이 웃고 떠들다 잠들어도 괜찮은
나의 안락한 집입니다.

팍팍한 세상에서 제대로 잠들지 못했을 당신에게는
더없이 좋은 곳이지요.

참, 그럴 일은 없겠지만……
만약 내가 갑자기 허기가 져서 이상한 짓을 하게 되면,
재빨리 큰 소리로 친구임을 밝혀주세요.

36

36색의 크레파스를 가졌을 때 나는 세상도 함께 가졌다.
온갖 색이 그 안에 다 있으니 늘 배가 불렀고 따뜻했다.
자면서도 히죽거릴 만큼 행복한 날들이 내게 있었다.
적어도, 55색을 가진 아이를 만나기 전까지 나는 완벽했다.

처음 크레파스를 샀던 날, 나는 슬펐다.
24색도 아니고 고작 12색,
네모난 종이박스에 든 그것이 너무 초라해 보였다.
색깔도 내 노랑은 더 칙칙한 것 같았고,
빨강은 험악했고, 파랑은 우울했다.

손에 유난히 묻어나는 것도 12색이기 때문이었다.
나는 결코 그림을 잘 그릴 수가 없었다.
그것 또한 12색이었기 때문이다.
그렇게 크레파스만 보면 화가 나고,
뭔가 모를 억울함마저 느끼곤 했다.

그런 내게 어느 날, 뜻지 않은 일이 생겼다.
얼굴도 가물가물한 삼촌이 새 크레파스를 선물로 준 것이다.

36개나 되는 크레파스가 든 파격적 선물은
그간의 설움을 단박에 날려줬다.
손잡이까지 달린 예쁜 박스의 근사한 크레파스는
그때부터 나의 보물이 되었다.

나는 한동안 그 크레파스를 쓸 수 없었다.
고운 크레파스의 표면이 닳고 부러질까 무서워 펼쳐만 둘 뿐
여전히 낡은 크레파스를 썼다.
대신 새 크레파스는 손잡이를 잡고 이리저리 흔들리며
동네방네를 하릴 없이 쏘다니는 용으로 사용되어졌다.

커가면서 노트에 책상에 운동화에 가방에
크레파스 같은 일은 반복되었다.
친구보다 더 좋은 것을 갖고 싶고 그것만 있으면
행복할 것 같은 투정 어린 욕심들도 함께 자랐다.

이제는 36색을 가져도 그림 실력이 나아지지 않았던 것처럼,
욕심을 채운다고 행복해질 수 있는 것이 아니라는 것쯤은 안다.
아니, 만족할 수 없을 만큼 욕심이 거대해졌다는 것을 안다.

36색의 크레파스만으로도 행복했던,
과거의 어디쯤에서 우쭐해하고 있는 내가 그립다.

마린보이

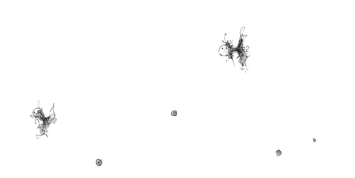

거친 물살이 꽤 매섭고,
넓고 넓은 바다가 막막하다고 생각하고 있었다.
나는 그 어항에서 그러고 있었다.

행복은 내 것만 작고, 불행은 내 것만 크고,
기쁨은 내게만 자그맣고, 슬픔은 내게만 커다랗게 다가온다.
이상하게도 내게 오는 것들은
그 크기가 제멋대로 줄어들거나 늘어난다.

이제는 아이 엄마가 된 대부분의 친구들은
한 번도 자신이 행복하다고 말한 적이 없다.
대신, 남편과 아이들 치다꺼리에 얼마나 힘든지 하소연하기 바쁘다.
그리고 그녀들은 한결같은 말로 잽을 날리며 이야기를 마무리한다.
"혼자 사는 네가 부러워."
어리석은 나는 한참 동안 그녀들의 이야기에 격하게 공감하며
씁쓸한 위로의 듣기평가를 마치곤 했다.

그러던 어느 날,
코끼리가 한 달 동안 먹어 치운 풀을 한꺼번에 토하듯 뱉어 내고는
"성가실 일 없는 넌 얼마나 좋으니?" 하는 마지막 말에
나는 그만 욱하고 말았다.

"그럼 너도 혼자 살든가?"
"……."

귀찮은 남편, 한시도 눈을 뗄 수 없는 아이들,
어려운 시댁, 넉넉지 못한 생활비.
친구들의 이야기는 주어만 바뀌었을 뿐
모두 한 문장으로 이루어져 있다.

그녀들은 늘 결혼생활이 좋을 게 없음을,
자신이 남편과 아이들에게 철저히 발목 잡혀 있음을,
그래서 그들 때문에 아무것도 할 수 없다는 신세한탄으로
대부분의 대화시간을 채우며 울분에 찬 성토를 한다.

'야! 이 바보들아! 너희의 삶이 남편과 아이들 때문이 아닌,
그들 덕분에 보다 풍성해졌다는 것을 정말 모르겠니?'

나는 친구들이 내게 어떤 해결을 바라고
시시콜콜한 불만들을 말하는 것이 아님을 안다.
다만 다정한 아내, 따뜻한 엄마가 되기 위해
버거운 붉은 일상을 수다로 희석하고 있는 것임을 안다.

그러나 한 번쯤은 다른 이들도 모두 그러한 삶을 살고 있다는 것과,
자신에게 일어나는 소소한 행복을 인정하길 바란다.
가끔은 옆의 어항을 들여다보고
세상에 얼마나 많은 삶들이 존재하고 있는지 기웃거리며,
그래서 내 어항만이 우주의 전부가 아님을
자각해야 삶의 유영이 더 편해질 수 있다.

'있지, 얘들아! 독거인으로 살고 있는 나는 말이지,
결국 독거노인이 되어 고독사하는 것이 아닐까 그것이 더 무섭단다.'

괜찮다, 괜찮다

'This too shall pass away(이 또한 지나가리라).'
대한민국 남자들이 군대에 가면 흔히 하는 이 말은
유대인의 지혜서 『미드라시』에 나오는 이야기이다.

너무 힘들어서 내일이 올 것 같지 않고,
너무 즐거워서 오늘이 지나가지 말았으면 해도,
시간은 언제나 같은 양을 흘러 보낸다.
얼마나 다행한 일인가!
시간이 편견 없이 공평하게 모두를 지나간다는 것…….

직장상사의 공격적 눈빛이 나를 감시해도,
엄마의 폭풍 잔소리가 나를 덮칠지라도,
지긋지긋한 한나절이 무료해도,
조마조마한 시험기간이 난감해도,
무엇보다 거대한 슬픔이 나를 짓이겨도 모든 것이 지나갈 것이다.

때로 뻔한 진실이 마법이 되어줄 때가 있다.
그러니 암담한 순간이 오면 주문처럼 주절거려보자.
'이 또한 지나가리라.'

생명이 지구에 첫발을 내딛는 순간이건
사라지는 순간이건,
시간은 멈추는 법이 없다.
깊고 푸른 우울에 갇혀 있건,
반짝이는 환희의 순간 속에 있건
시간은 개의치 않는다.
그래서 죽을 만큼 힘든 순간이
우리에게 닥쳐와도 결국은
모두 다 지나가는 것이다.

작아서

혹시, 내가 너무 작아서 보이지 않나요?

귀찮더라도 일회용품 자제하기.
멋스럽게 텀블러 가지고 다니기.
예쁜 에코백 사용하기.
능숙하게 분리수거하기.
웬만하면 대중교통 이용하기.
공과금 걱정하며 적정 실내온도 유지하기.
빨간색이 아니더라도 내복 입어보기.
아까워하며 음식 남기지 않기.
물에 불지 않도록 샤워시간 줄이기.
영화 같은 일 기대하며 손수건 가지고 다니기.

때때로 잘 지키고, 대부분 잊기 쉽지만
한 번쯤의 실천이 쌓이면
숲속 님프를 살려내진 못할지라도
작아진 북극곰은 오래오래 볼 수 있지 않을까?

햇빛쿠키

물, 약간의 소금, 마가린을 넣어 진흙을 반죽한다.
햇빛은 반죽을 말려 쿠키로 구워낸다.

이해할 수 없지만
오랫동안 아이티의 사람들은 그것을 약용으로 먹었다고 한다.
그러나 더 이해할 수 없는 것은
너무 가난해서 그것만을 주식으로 먹는 그곳의 아이들이다.
그리고 더더욱 이해할 수 없는 것은
오늘 내 식탁에서 버려진 음식들이다.

도대체 어디서부터 잘못된 것일까?

따뜻한가요, 그대

"난 당신을 미워하지 않아요.
그건 내가 맘이 좋아서가 아닙니다.
미움이 끼어들 틈도 없는 빼곡한 고통에 차 있기 때문이지요.

난 이제 춥지가 않네요.
그건 내게 따뜻한 희망이 있어서가 아닙니다.
죽기 전까지 겪게 될 잔인한 미래라는 두려움만이 내게 남은 탓이지요."

겨울이 되면 목을 감싸는 토끼털이 참 부드럽다고 생각했다.
차디찬 바람에 우아하게 흔들리던 밍크가 좋아 보였다.
미끈한 가죽가방의 무늬가 참 예쁘다고 흠끔거렸다.
보송보송한 앙고라 스웨터를, 풍성한 오리털 점퍼를 거리낌 없이 입으면서
나는 미처 그것들이 어떻게 만들어질지에 대해
한 번도 진지하게 생각해 본 적이 없었다.

동물의 가죽을 벗기고 털을 뽑는 영상을 우연히 보게 되었을 때,
나는 잠시 아무 말도 할 수가 없었다.
망치로 머리를 얻어맞은 것 같다는 말이 딱 그때의 충격과 같았다.
그것은 동물의 가죽을, 털을 취하는 영상이 아니라
인간이 얼마나 잔인한지에 관한 보고서였다.

가죽은 동물이 죽은 후에는 잘 벗겨지지 않을 뿐더러
품질이 떨어진다는 이유로 살아서 벗겨지고,
거위나 오리, 토끼는 10번에서 15번쯤 산 채로 털을 뽑히는
끔찍한 경험을 한 후 드디어 죽을 수 있단다.
정말 드디어 죽는 것이 낫겠다 싶을 정도의 고통이 거기에 있었다.

아직도 잊을 수 없는 것은
토끼의 귀를 잡고 산 채로 털을 뜯어낼 때 들리던 울음이었다.
어린아이의 소리와 흡사한 비명 소리가 얼마나 날카로운 고통에 차 있었는지,
그 소리만은 줄곧 나를 따라다니며 귓전을 맴돈다.
가혹한 약탈의 과정이 끝나면 여기저기 피부가 뜯기어
피 범벅이 된 동물들이 힘없이 널브려져 있고,
다시 털이 자라면 그들은 또 가혹한 일을 당해야 한다.

나는 정말 아무 생각 없이 그들의 털이 부드럽고 따뜻하다 여겼구나.
그래서 나 또한 잔인하기 그지없는 인간일 뿐이었구나.

이런 얘기를 하면 어떤 친구는 약육강식을 들먹이기도 하고,
소고기 돼지고기를 운운하며 살도 먹는데 뭐 어떠냐고 말하기도 한다.
그러나 그것은 분명히 다르다.
인간이 필요에 의해서 고기를 취하고 털을 취할 수밖에 없다 해도,
그 과정까지 그렇게 잔인해야 하는지에 대한 윤리의 문제이기 때문이다.

지금의 우리는 굶주리고 헐벗었던 과거 인류와는 확연히 다르게
모든 것이 넘치는 세상에 살고 있다.
수많은 인조섬유를 만들 수 있고
동물의 털이 아니라도 따뜻하게 겨울을 날 수 있는 난방법도 무수하다.

만약 그래도 기어이 그들의 털을 꼭 가져야겠다면,
수고스럽겠지만 인도적이고 윤리적인 방법으로
털을 사용하는 기업의 제품을 사기를 부탁한다.
그런 당신의 마음이라면
최소한 한 마리 동물의 슬픈 울음소리는 멈추게 할 수 있을 것이다.

그나저나 무지몽매하여 몰랐던 것을 알았으니,
나는 이제 더욱 무거워진 옷장 속 오리털 점퍼를 어떻게 입을지 걱정이지만,
마르고 닳도록 입으면서 꺼림칙한 양심의 가책을 두고두고 느껴보려 한다.

거울아, 거울아!

그 왕비의 외로움은 절망에 닿아 깊고 차가웠을 것이다.
내가 뭘 좀 아는 거울이었다면
하얀 거짓말을 건네는 친구가 되어주었을 것을…….

'거울아, 거울아! 이 세상에서 누가 제일 예쁘니?'
'나의 아름다운 친구, 당신이지요!'

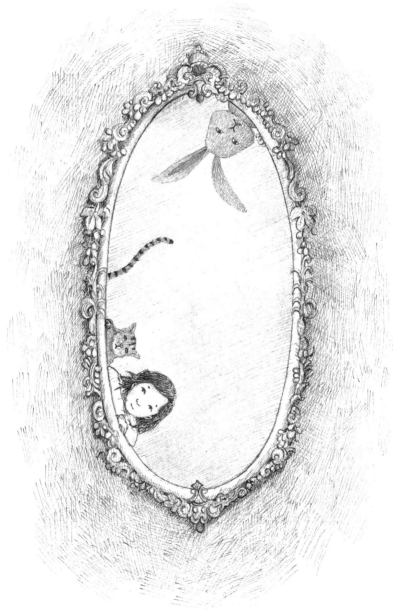

우리 그렇게 빠르지 않아도 괜찮았었는데……

아날로그

편지를 쓰는 밤이면 거기에 쉽게 마음도 쓸 수 있었다.
비록 아침이면 민망한 기분이 들지라도
지난밤 나는 진실하게 마음도 함께 넣어두었다.

동전 몇 개를 짤랑거리며 긴 줄을 서야 했던 때가 있었다.
그렇게 내 차례가 오고 수화기 너머 그리운 이의 목소리를 듣노라면,
저절로 내가 얼마나 상대를, 상대가 나를 그리워하는지 알 수가 있었다.

한 세기라도 지난 것만 같지만 그리 멀지 않은,
느리고 더뎠던 우리들의 생활 속에는
사람 냄새 폴폴한 마음들이 더 두껍게 앉아 있었던 것 같다.

빠르지 않아서 더 오래 생각하고 더 많이 되뇔 수 있었던 느림의 안에
더 많은 그리움이 배일 수 있었던 것 같다.

우선멈춤

직진 – 잘 가고 있으니 그대로만 가시오.

유턴 – 길을 잘못 들었으니 그쯤에서 되돌아오시오.

우회로 – 그곳은 돌아가도 좋은 길, 우회하시오.

통행금지 – 그 사람 마음에는 들어갈 수 없으니 그만두시오.

직진금지 – 더 이상 길이 없으니 그만 가시오.

좌우합류 – 좋은 벗이 생기니 마음을 여시오.

안전지대 – 지금 그곳은 안전하니 쉬었다 가시오.

두 보행자신호 – 길이 조금 힘드니 동반자와 손잡고 가시오.

비보호 – 아무도 보호해줄 수 없으나 얻는 것도 많을 것이오.

거리확보 – 상대와의 거리를 지키시오.

미끄러운 길 – 자칫 미끄러질 수 있으니 주의하시오.

속도제한 – 주위를 둘러보며 천천히 걸어가시오.

양보 – 이번 일은 양보하시오.

주의 – 주변사람의 뒷담화를 자제하시오.

터널 – 고난이 시작됐으니 힘을 내시오.

해제 – 고난은 끝났으니 걱정 마시오.

언제 멈추고 언제 가야 하는지,
인생에도 그런 표지판이 있었으면 좋겠다.

나에게

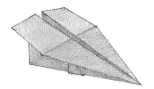

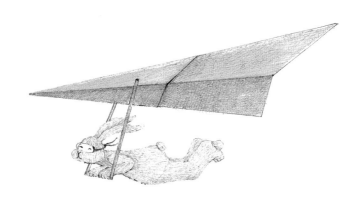

나다움이 저만치 달아난다.
일상은 모두가 비슷한 걸음으로 같은 시간을 걸어야 한다고 말한다.
그래서 나답다는 것은 옳지 못한 것임을 자각해야 비슷하게 살아갈 수 있다.
세상 눈치 보기가 고단해 버거운 한숨이 새어나오는 날이면, 나에게 나를 보내본다.
아, 종이비행기로도 멋지게 날 수 있다고 믿었던 맑은 나도 있었구나!

4학년 7반 3번.
이 말은 내가 4학년이 되었고
7반 여학생 중에 세 번째로 키가 작다는 말이었다.

또래 아이들보다 작았던 나는 매번 앞번호를 받았어야 했다.
중학생이 되었을 때 조금이라도 뒷번호를 받기 위해
까치발을 세워 간신히 한 자리 번호를 면했었다.

다행스럽게도 고등학생이 되어 폭풍성장을 한 나는
로망의 뒷번호를 가질 수 있었고,
친한 친구와 짝이 되기 위해
오히려 자라목이 되어 조금 앞번호를 받기도 했다.

지금으로서는 왜 새 학기가 되면
줄줄이 세워놓고 번호를 정했는지 좀 어이없지만,
그때는 그랬었다.

어느 학교를 나왔고, 토익은 몇 점인지,
무슨 자격증을 가지고 있고, 어떤 회사에 다니고,
어디에 살며, 몇 cc의 차를 가졌는지
이런 것들로 번호가 매겨지는 사회의 일원인 나는
여전히 목을 빼고 까치발을 들고
앞번호가 되지 않기 위해 바동거린다.

때로는 같은 길이와 크기가 아니어서 분류되는
공장 검수대의 상품처럼
규격에 맞는 제품이 되기 위해
숨을 죽이고 검수관의 눈치도 봐야 한다.

이렇게 길들여져가는 나는,
이제 내가 누군지 내가 어떤 사람인지 도통 모르겠다.
따라가지도 그렇다고 외면하지도 못 하면서
나는 노랫말처럼 매일 나와 이별하며 살고 있다.

빨래는 익었는데

낮 동안 잘 익은 빨래가 주인을 기다린다.
멀리서 들리는 인기척에 쫑긋 귀를 세우지만,
밤이 오는 길목을 쓰는 바람소리뿐.

나는 아무렇지 않지만
지친 옷가지는 어느새 그리움에 젖어간다.

엄마!
언제 와……

삼투압

구수한 할머니의 된장국은 온몸으로 번져
뜨끈한 기억으로 남아 있다.
그리운 그 냄새가 피어나는 날이면 찔끔 눈물이 난다.
이제는 맞을 수 없는 구수한 날이어라.

숨다

술래가 나를 찾는 짜릿한 두근거림보다,
푹신한 이불들 틈에서 숨죽이고 있는 그때가 참으로 좋았다.
촉감 좋은 이불들이 나를 에워싸고,
이불장 안은 적당히 캄캄해서 그곳에선 쉬이 잠이 들었다.
기억하건대 가장 맛좋은 잠을 나는 거기서 잤던 것 같다.

무엇보다 밖에선 나를 찾는 술래가 있었기에,
모든 것이 완벽한 밀도 높은 이상향이었던 것이다.

꼭꼭 숨어라

머리카락 보일라

쥐란 놈이 물어도

꼼짝 말고 달싹 마라

개미란 놈이 물어도

꼼짝 말고 달싹 마라

〈숨바꼭질〉

달 따러 가자

보름달은 무겁고 초승달은 차가우니,
그믐달이 지나면 그것으로 해야겠다.
이제 어여쁜 달을 따다 바다 위에 선물로 띄워야지.
그럼 따뜻해진 그곳에서
보름달만 한 태왁 안은 해녀할머니의
행복한 숨비소리,
들을 수 있겠지.

길례 씨는 해녀였다.
까만 고무 옷과 오리발 차림으로 바다로 가서는,
해가 그 바다로 빠질 무렵 뭍으로 나왔다.

어린 손녀는 온종일 바다 위로 둥둥 떠다니는
길례 씨의 하얀 스티로폼 태왁을 눈으로 좇으며 여름날을 보냈다.

고된 물질에 파리해진 얼굴로 청각을 말리고
미역을 말리던 나의 할머니 길례.
몇 십 번 수면 아래를 오르내리는 힘든 하루를
막걸리 한 잔으로 털어내시던 나의 할머니.

딱 1년이 되었다.
지난해, 할머니는 바다가 아닌 하늘로 가
고되던 당신의 삶도 그렇게 털어내셨다.

살랑살랑 흔들리는 마음을 던져놓고
몸도 사뿐사뿐 춤을 춘다.
하늘에 근심을 털어놓을 수 있는
언제나 가장 좋은 놀이.

피크닉

착한 볕이 말려놓은 보드라운 풀밭에,
두런두런 담소를 나눌 벗까지 있다면 주저 없이 떠나야지.
밖은 어디쯤인지, 그래서 내가 어디로 가고 있는지,
잠시 정차하는 그 시간을 망설임 없이 즐겨야지.

사랑

몇 번을 들어도 질리지 않는 너의 이야기,
소소한 일상의 이야기도 무협지보다 흥미진진하고,
무의미한 말도 시처럼 들린다.

너를 향한 애정 어린 관심이 그것을 가능케 하는 것이다.

오일러 씨, 무슨 말인지 알 것도 같아요.
oil on canvas. 116cm×91cm. 2012.

2장
———
그래그래

삐뚤어질 테다

반듯하고 군더더기 없이
딱 맞게 돌아가는 세상에 앉아 있노라면,
괜스레 그것에 반하는 일들을 하고 싶다.
안 되는 것도 하지 말아야 할 것도 많은 세상.

모두 똑같이 살아야 하는 중압감에
아주아주 시건방지게 껌 좀 씹고 싶어진다.

가장무도회

모르는 척해주는 것. 보고도 못 본 척,
들어도 못 들은 척해야 할 때가 있다.
그것은 외면과는 다른 '상대에 대한 작은 예의'다.
그런 예의가 지켜져야 약속된 무도회를 무사히 마칠 수가 있다.

개선된 친구의 얼굴, 코를 흘리고 다녔다거나 공부를 못했던 학창시절,
옛사랑, 숨기고 싶은 이야기, 내게만 털어놓은 비밀.
그런 것들을 굳이 여러 사람들 앞에서 대놓고 떠드는 사람이 있다.
그러고는 "어머, 내가 하지 말아야 할 얘길 했나봐" 하고 실수인 듯 말한다.

때로는 일부러, 때로는 흥에 취해 막 떠들다 보면
정작 당사자는 말하고 싶지 않았는데도 신상이 공개되어 민망한 경우도 생긴다.
나 또한 둘 다의 입장이 된 적이 있었던 것 같다.

이런 얄미운 일들이 일어나면 잠시 눈을 흘긴다거나,
그 아이와 거리를 두는 것으로 마무리할 뿐
사랑과 정의의 이름으로도 혼내주기가 애매하다.

버스나 지하철에서 자리를 양보하지 않아도,
뒷사람을 위해 문을 잡아주지 않아도, 힘없는 누군가를 돕지 않아도
벌금을 문다거나 처벌을 내린다거나 사회는 아무런 제재를 취하지는 않는다.

그러나 원활하고 수월하게 세상이 돌아가기 위해서는
지켜야 하는 도덕이나, 암묵적인 약속이라는 것이 있다.
마음에서 우러나오지 않아도, 진심이 아닐지라도
사회적 가면이라도 쓰고 약속을 지켜야 할 일들이 있는 것이다.

가장무도회는 가면을 쓰고 만나기로 약속되어졌고
그가 로미오인지 줄리엣인지 빤히 보이지만 모른 척해주기로 정해졌다.
이제 무도회가 끝날 때까지 나는 얇은 가면 속에서 그저 즐기기만 하면 된다.

째깍째깍

시간은 단 한 번도 같은 적이 없었다.
언제나 새로운 1초, 새로운 1분, 새로운 1시간이 있을 뿐이다.
새로울 것도 없는 시간을 만드는 것은 언제나 나였다.
반대로 의미 있는 시간을 만들 수 있는 것도 나뿐이다.
모두에게 공평하게 주어지는 몇 안 되는 선물을
어떻게 간수하는지는 온전히 자신의 몫이다.

1시간, 60분, 3600초, 1/24일, 그렇게 24시간 하루 86400초.
모두 다 다른 시간. 늘 행복할 수도 없고, 늘 즐거울 수도 없다.
반대로 늘 불행할 수도, 늘 슬픈 일만 있을 수도 없다.

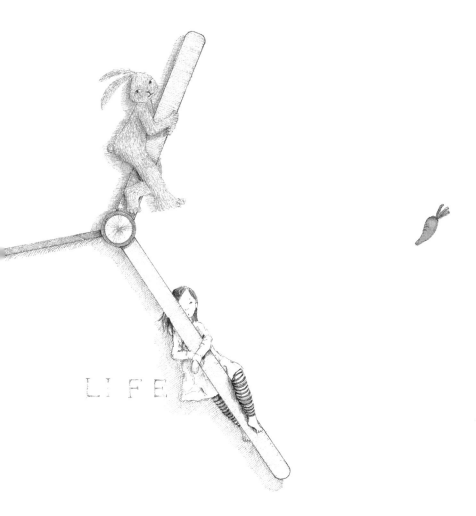

LIFE

닳고, 낡고, 해지고, 구멍 난 마음들을 메우는
스티치가 있다고 들었다.
그런 바느질법을 알고 있다면 좀 가르쳐다오.

깁다

이음수, 자릿수, 매듭수, 징금수, 자련수, 사슬수, 씨앗수…….
어디선가 들어본 적이 있는 이름.
씨앗이 되고, 줄기가 되고, 나뭇잎을 메우고,
꽃을 피우고, 나비가 되어 날아오르게 하는
100가지도 넘는 바느질 방법들 중 일부의 이름이다.

색색의 실과 바늘로 세상을 담는 법도 이렇게나 많은데,
상처받은 마음을 메우는 법이 어찌 없겠는가!

아픈 말을 들어서, 혹은 상대를 아프게 해서 더욱 쓰린 마음,
무뎌질 대로 무뎌져 어떠한 자극에도 두근거리지 않는 해진 마음,
가까운 친구의 마음조차 헤아리지 못한 낡은 마음,
사랑하는 이를 잃어서 무엇으로도 채워질 수 없는 텅 빈 마음,
상처로 얼룩져 아리고 아렸던 마음들을 한 땀 한 땀 기워주고 싶다.

어딘가에는 이런 마음들을 정성으로 메울 수 있는
견고한 스티치가 분명히 있을 것이다.
러닝 스티치, 백 스티치, 아웃트라인 스티치,
새틴 스티치, 레이지데이지 스티치, 프렌치너트 스티치,
스트레이트 스티치, 코럴 스티치, 스파이더 웹 스티치…….

오수

아직 해가 지지 않음에 겁이 나고,
긴 하루의 무게가 어깨에 맺힘을 고스란히 느낄 때,
나는 낮잠을 청한다.

잠이 든 것 같기도 하고, 깨어 있는 것 같기도 한
한낮의 꿈이 마음을 토닥인다.
어느새 화도 짜증도 말라버리고,
조금 가벼워진 하루도 알맞게 익어간다.

혹시 모르잖아!
장자는 낮잠을 자다 득도도 했다던데……

단추 하나, 실오라기 하나……

사소한 것들

너무 사소해서 여기저기 굴러다니는 그저 그런 것들에게 연민을 느낀다.
먼지 같은 나의 사소했던 감정이 떼구루루 굴러다니는 것처럼,
대단한 세상 앞에 작아진 내가 쪼그리고 앉아 있는 것처럼 짠해진다.
그러나 그런 사소한 것들이 언젠가 유용하게 쓰일 때가 있다는 것 또한 나는 안다.

며칠 동안 나를 찾는 건
어여쁜 목소리로 건강을 염려해주는 보험상담원 A양.
나도 알 수 없는 불확실한 노후를 챙겨주려는 금융상담원 B씨.
친절하게도 돈을 빌려주겠다는 C팀장.

그도 아니면,
좋아하지도 않는 고기를 사러 오라고 한우행사를 알리는 마트의 문자 메시지.
혹시 심심할까봐 무슨 베팅이 어쩌고 하는 게임 안내.
나는 여잔데 '오빠 심심해?' 하며 나의 정체성을 의심하게 만드는 요사스러운 메시지.

어느새 내 핸드폰은 비싼 최첨단 시계가 되어 있고,
나는 세상에 없어도 될 것처럼 아무도 안부조차 물어오지 않는다.
그럴 때면 내가 너무 사소한 실오라기 같다 여겨지지만,
언젠가 걸맞게 쓰일 준비 중이므로 기꺼이 견딜 만하다.

잠시 잊혀서 그렇지
누군가에게 나는 소중한 사람일 것이며, 그리운 사람일 것이다.
그리고 이렇게 긍정적인 나를 필요로 하는 사람도 분명히 있을 것이다.

봄에 눕다

시샘의 바람이 멈추면 기죽을 것 없는 봄이 만개한다.
농농한 꽃잎들의 향기가 세상을 덮고 나는 조용히 봄에 누워본다.
찬란한 봄의 줄기는 마음으로 흘러 세상 모두가 어여쁘다.
아름다워서 과분한 봄이어라! 넘치는 봄이어라!

파블로 네루다에게처럼 '시가 내게로 온 날'이 있다.
세상이 온통 시가 되는 날.
징하게 화창한 하늘 아래, 징하게 아름답게 꽃비가 내리면
시도 함께 내린다.

내일이면 손발이 오그라들어 민망한 어제였다 여겨질지라도
지금은, 시가 내게 와 있다.

비둘기 나타나다

마술사가 주문을 외우고 요란하게 손을 움직이면 비둘기가 나타난다.
우리 모두는 신기한 마술처럼 세상에 나타났다.
그래서 나는, 우리는 모두 아름다운 존재들이다.

손수건에서 우산을 꺼내기도, 지팡이로 꽃을 피우기도 한다.
예쁜 미녀를 상자에 넣어 사라지게 만들고, 천을 덮어 공중으로도 띄운다.
감탄사를 연발하며 신기해하면,
삐딱하게 앉아 어떻게 하는지 알겠다고 시시하다며
흥을 깨는 남자아이 한 명쯤은 꼭 있었다.

얼마나 많은 연습을 해야 마법 같은 마술을 해낼 수 있으며,
얼마나 많은 시간 그것만을 생각했기에 관객의 마음을 사로잡을까를 생각하면
더더욱 감동스러운 박수가 나온다.

언제나 가장 신기한 것은 마술사의 모자에서 살아 있는 비둘기가 나타날 때다.
머리 나쁘기로 유명한 한낱 새를
그렇게 멋있게 등장시키는 데에는 또 얼마큼 공이 들었을까!

벼락 맞을 확률 600만분의 1, 로또가 될 확률 800만분의 1,
당신이 태어날 확률 3억분의 1.
마술사가 비둘기를 나타나게 하는 것보다
더 신기하게 더 감동스럽게 당신이 나타난 것이다.

그래서 기적과 같은 당신은 처음부터 아름다운 존재였다.

설득

'코끼리가 냉장고에 들어갈 수 없다'는 모더니즘적 환상을 파괴한다.

코끼리보다 큰 냉장고를 만든다.
닭의 학명을 코끼리로 바꾼 뒤 닭을 넣는다.
코끼리를 적분한다 등등의 수많은 방법들이 등장했다.

그런데 말이다,
코끼리를 냉장고에 넣는 이 흥미로운 화두를 꺼낸 이는
정말로 코끼리를 냉장고에 넣고 싶었던 것일까?

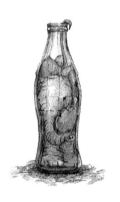

하나. 냉장고 문을 열고 코끼리를 넣는다.
둘. 코끼리를 달래고 설득해서 냉장고에 들어가달라고 간곡하게 부탁한다.
셋. 코끼리에게 냉장고를 먹인 후 뒤집는다.

즐거운 나의 집 – 투쟁자

치열한 투쟁의 산물.

대부분 연약한 복부를 가지고 있는 소라게는,
자신을 보호하기 위해
비어 있는 소라나 고둥의 껍데기를 집으로 사용한다.

게가 자라면 그동안 쓰던 작은 집은 버리고
자신의 몸에 맞는 큰 껍데기를 찾는데,
버려진 집은 작은 소라게가 다시 사용한다.

때로 집으로 사용될 껍데기가 부족할 경우엔 치열하게 싸우기도 한다.
가끔은 집이 없는 소라게들은 맨몸으로 위험에 노출되어 있기도 한다.

우리의 집 찾기 또한 별반 다르지 않다.
외부 환경으로부터 스스로를, 가족을 보호하기 위해 집이 필요하다.
형편에 따라 집 모양도 집의 가치도 다양하고,
경제적 이유로 집이 없는 사람도 있고,
같은 이유로 수없이 경쟁하며 싸워야 한다.

집은 누군가에게는
치열하게 싸워야만 겨우 머물 수 있는 투쟁의 산물이다.

즐거운 나의 집 – 이상한 토끼

사색하기 좋은 은둔자의 이상향.

누군가에게 집은,
세상으로부터 나를 차단할 수 있는 은둔지가 되어줄 때도 있다.

즐거운 나의 집 – 어느 독거인

외로움을 제압한 내 집 마련의 꿈.

누군가에게는
언젠가 내 소유가 될 수도 있는 희망의 먼 곳일 때도 있다.

동행

우리 처음엔 참 좋았었는데…….

용왕의 병을 위해 토끼를 꼬드겨 용궁으로 데려가야 했던 자라의 마음속에,
토끼는 줄곧 약재의 목적 외에는 아무런 의미도 없었을까?
자신을 속인 자라의 본심을 안 후,
토끼의 기억 속에서 자라는 줄곧 나쁜 존재였을까?

내가 자라였다면 혹은 토끼였다면,
다른 것은 몰라도 함께 용궁으로 가는 그 동행의 길만은 참 좋은 기억이어서
그 인연이 아쉬웠을 것 같다.
어쨌든 듣기 좋은 달콤한 이야기가 넘쳤고,
용궁으로 가는 길이니 얼마나 신기하고도 멋진 풍경이었을까 싶다.

'세 번째는 아니 만났어야 좋았을 것이다' 했던 「인연」의 구절처럼
두 번은 좋았을 인연, 한 번으로 좋은 인연,
처음부터 만나지 않으면 하는 인연도 있지만……
그래서 인연인 것이다.

어린 날에는, 실은 지금도 좋은 사람들만 만나고
좋은 일만 경험하고 좋은 나로 살고 싶었다.
그러나 살다보니 나쁜 사람, 나쁜 일,
나쁜 나로 속상한 날이 더 많았다.

그래도 돌이켜 보면
그로 인해 나는 언제나 한 뼘씩 성장해왔다.

자라는 용왕을 위한 신하의 마음을 위안 삼아
토끼에 대한 마음의 짐을 덜 것이며,
이제 토끼는 두 번 다시 감언이설에 속지 않을 것이다.
쓰디쓴 경험은 상처만이 아닌 더 단단해질 수 있는 자극도 함께 남긴다.

처음 좋았던 것의 끝도 좋을 확률을 높이는 것은,
두 인연이 진실한 마음으로 배려하는 노력밖에는 없다.
그럼에도 아니 만났어야 할 인연이 된다 해도
그것으로 인해 오래 상처받지 않았으면 좋겠다.
그냥 하나의 경험치를 가지는 것이며, 내가 성장하는 거름이라 여기면 그만이다.

사장님이 미쳤어요

깜빡거리는 경고등이 들어오면 이리로 오세요.
맑은 웃음 가득 담은 에너지를 채워드릴게요.

오늘 너무 힘이 들었나요?

아침 버스는 만원이었고,
지하철에서 이리저리 떠밀려 간신히 내릴 곳에 내렸다고요?
집에 가면 성적표가 와 있을 거라고요?
저분은 직장상사가 가재미눈을 뜨고, 그럴 거면 그만두라고 했다네요.
헤어진 연인의 결혼 소식을 들었다는 분도 있네요.

배가 살살 아픈 게,
친구가 승진을 하고 집도 샀다는 소식 때문은 아니라네요.
잘생긴 배우가 예쁜 아이돌과 사귀는데 억대의 광고도 찍어요.
우리 같은 애들은 잘못하면 시골로 보내지는데,
있는 집 자식은 유학을 가요.

로또는 매주 맞질 않아요.
세상에, 엄마 친구 아들은 장학생이고
그 딸은 졸업과 동시에 대기업에 취직을 했다네요.
월급통장의 숫자는 늘지를 않는데 집세를 올려달라더래요.

너무너무 힘들었을 것 같네요.
연료 주입구가 오른쪽인지 왼쪽인지만 말해주세요.
힘이 나는 에너지를 그득 채워놓을게요.
내일 아침에 눈을 떠서 '하하하' 웃으면 힘차게 시동이 걸릴 거예요.

Reset

첫 단추를 잘못 채웠다면,
처음부터 다시 채우면 된다.

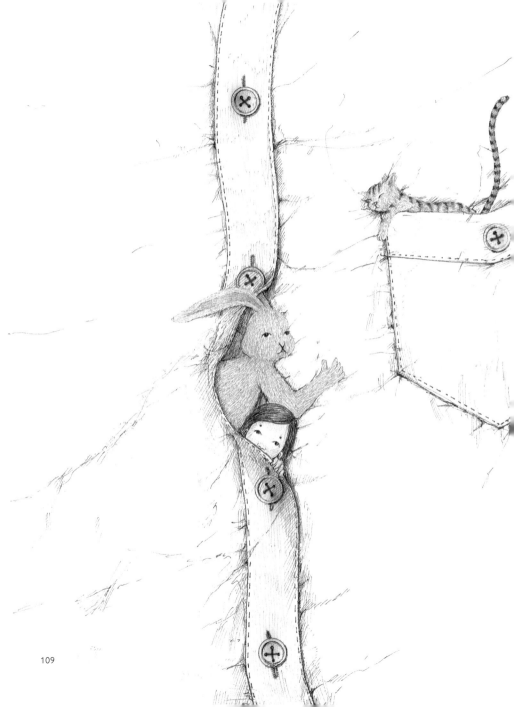

제주도에 렐란디 나무로 만들어진 미로공원이 있다.
성인 키보다도 훌쩍 자란 나무들이 미로의 벽이 되어 옆을 볼 수 없어
몇 번은 같은 곳을 되돌아오고,
때로는 꽤 긴 시간을 이리저리 돌고 돌아야
미로를 빠져나왔음을 알리는 종을 칠 수 있다.

헤매다 보니 만났던 사람을 다시 만나는 경우도 생기고,
의욕 넘치는 누군가는 땀을 흘려가며 이리저리 뛰어다니기도 한다.

신기한 것은
그렇게 헤매는 사람들 모두 화내거나 짜증을 내기보다,
깔깔거리며 웃거나 행복한 얼굴로 미로를 즐긴다는 것이다.

그것은 『이상한 나라의 앨리스』의 어떤 장면처럼
잘 만들어진 숲길을 걷는 기분이 들기도 하거니와,
경쟁의 의미나 복잡한 미로를 반드시 풀겠다는 마음가짐이 아닌
놀이로 대하기 때문이다.

삶이 미로처럼 꼬여 눈앞에 높은 벽이 떡하고 버티고 있을지라도,
그래서 이번에도 길을 돌아가게 될지라도 기죽을 필요는 없다.
인생의 미로를 헤매는 것도 분명 필요한 과정일 테고,
천진했던 한 시인의 시처럼 '인생이라는 소풍'을 즐기며 아름답구나 여긴다면,
복잡하고 어려울 것도 없이 그저 즐거운 놀이가 되어 가벼워질 수도 있다.

첫 단추를 잘못 채웠다면, 트렌디하다고 여기기도 하는 세상이니 괜찮다.
첫 단추를 잘못 채웠다면, 천천히 다시 채우면 그만이니 또한 괜찮다.

용감한 녀석들

잘생기고 멋있는 미의 가치를 무시한 채
시대를 풍미했던 세 남자.
루키즘lookism의 이단아쯤 되는 이 삼형제는
한때 집집마다 가장 잘 보이는 곳에 장식되어졌다.
단점을 최고의 가치로 만들 수 있다는 것을
몸소 보여준 귀여운 형제들은
여전히 어딘가에서 도도하게 우리를 내려다본다.

바비가 기준이 되는 세상에서
시크한 표정의 못난이 삼형제가 새삼 유쾌한 이유는,
각기 다른 개성으로 충분히 사랑받을 수 있었던
그 짜릿함 때문이다.

그래서 우리의 얼굴이
우리가 가진 수없는 가치와 개성으로 인해
충분히 아름다울 수 있다는 것을 반증하기 때문이다.

행복볶음 레시피

신선하게 보관해둔 싱싱한 공감각적 상상력 1kg을 숭숭 썰어,
30분쯤 레몬에 재운 낭만적 심상 10g을 넣고
말려둔 사랑의 씨앗 다섯 알과 함께 골고루 섞는다.
여기에 눈물 한 스푼으로 밑간을 한 후,
프라이팬에 거절의 용기를 두르고 무한한 긍정에너지로 조리한다.
10분쯤 센 불로 볶다가 음식이 익어가면 어슷 썬 웃음 한 줌 넣고
준비된 접시에 담아 고소한 유머를 솔솔 뿌려 완성한다.

요리 재료
〈주재료〉 공감각적 상상력 1kg, 낭만적 심상 10g, 사랑의 씨앗 5개, 웃음 한 줌.
〈부재료〉 눈물 한 스푼, 거절의 용기, 적당량의 고소한 유머, 레몬 반 개.

공감각적 상상력

유아기를 지나 재잘거리기를 좋아하는 아이들의 것이 선도가 좋으며,
특히 동화책을 읽고 난 후 채집 확률이 높다.
성인의 것은 약간의 독성이 있을 수 있으니 주의해야 한다.
뚜껑을 닫아 냉장보관하지 않을 시 공기 중으로 승화할 수 있으므로
보관에도 주의할 것.

낭만적 심상

주로 아무 데서나 까르르거리는 여학생의 틈에서 잘 자라며,
경치가 수려한 곳 앞에서 종종 발견할 수 있다.
야생에서 구하기가 어려울 시, 시집 뒷장의 유기농 낭만을 사용해도 좋다.
밤에 쓴 편지처럼 느끼할 수도 있으니 30분쯤 레몬에 재워뒀다가 사용할 것.

사랑의 씨앗

어디서나 손쉽게 구할 수 있는 재료이며,
모성 · 부성 · 가족 · 친구 · 연인 등등의 것들이 약간씩 다른 향을 내므로
취향에 맞게 고르면 된다.
가끔씩 여물지 못해 아린 맛이 나는 것도 있는데, 조리하면 사라짐.

웃음 한 줌

사계절 내내 곳곳에서 나는 향신료의 일종으로,
무시·비난·조롱의 불순물이 섞이지 않은 투명하고 맑은 향이 나는 것을 고를 것.

눈물 한 스푼

2배 이상의 농도를 가진 것도 있으므로 성분 표시를 잘 살펴야 하며,
과하게 사용할 시 건강을 해치므로 적정량을 사용할 것.

거절의 용기

매정하고 잔인할 경우 착유가 어려우므로,
이성적이고 분명한 것으로 골라 기름을 짜낸다.
발화점이 낮고, 많이 사용할 경우 수분을 증발시켜 식감이 좋지 않으므로 주의할 것.

고소한 유머

상대를 위한 적정한 온도의 것이 상품이며,
유치하거나 조잡한 것도 잘 말려두면 그럭저럭 쓸 만하다.
저속하거나 미움이 묻어 있을 시에는 맛과 색이 지저분해지므로 선택 시 유의할 것.

바로보기

어릴 적 학교 운동장은 광활했다.
종종 철봉에 매달려 드넓은 운동장을 보고 있노라면
지구가 돌아가는 속도가 고스란히 느껴져 현기증이 났다.

이제 나는 거꾸로 세상을 보는 우스꽝스러운 일은 하지 않는다.
그럼에도 너무 빠르게 돌아가는 세상에 멀미가 나곤 한다.

마법주스

호랑이 기운이 솟아나는 그래서 낯도 가리지 않고 세상과 잘 지내는,
사는 게 별것 아닌 것 같은 용기가 생기는 주스를 만들어주세요.
조금 비싸더라도 상담원 연결, 할부, 반품 이런 것 없이 대량구매해드릴게요.
사용 후기도 적극 남기고 주변에 열심히 추천도 해드릴게요.

프리미엄 구매 평

선물하기 좋아요. 포장도 잘 돼 있고 배송도 빠름. 굿굿굿!!!!!!!!   –jeugff*** 적극 추천

맛은 좋아요. 효과가 있는지는 아직 잘 모르겠지만, 뭔지 모르게 힘이 나긴 해요.
– 토끼도 아닌 것이 fyff*** 보통

맛은 별로, 보통 수준, 효과는 엄청 좋네요. 일주일 만에 동네사람들과 전부 친해졌어요.
감사해요^^ – 히끼꼬모리 쥐*** 적극 추천

주스가 상한 것 같아요. 내 입맛에만 비린가??? 기운이 솟아나지도 않아요.
귀찮아서 환불 안 했는데…… 완전 비추!!!!   – 생일날 호랑이 김** 추천 안 함

생각보다 맛있어요. 내일 전학 가는데 마법주스 덕에 걱정도 안 돼요.
– 근육달팽이 홍** 추천

그냥 별로ㅠㅠ 우주여행이 가능한 우주선도 만들고, 쓸데없이 핵무기·전투기·레일 건
같은 무기들도 잘 만들면서 이까짓 주스 하나 제대로 못 만들다니…….
– 여우비 오는 날 사자 정** 불만족

꿈꾸며 잠자기

천 개의 꿈이 밤하늘에 반짝인다.
한 개의 꿈도 갖지 못한 심심한 당신이라면 상상해보라.
별 없는 밤하늘이 얼마나 무료할지를……

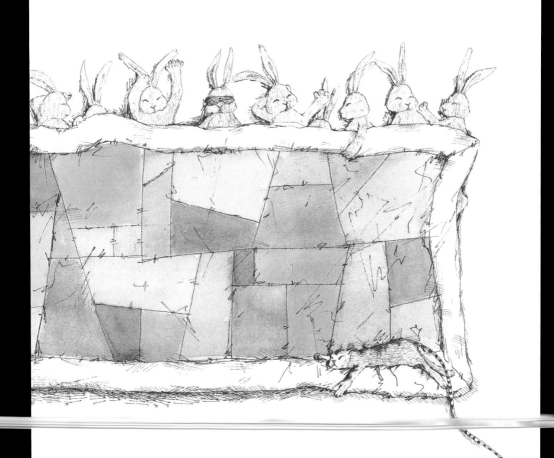

꿈은 어디에든 뿌리내리며 어디서든 자랄 수 있는,
가장 흔하며 가장 손쉽게 재배 가능한 포자이다.
그것을 굳이 거부하는 것은 언제나 우리 쪽이다.

'지금 내 사정이 좀 그래서', '에이 내 나이가 몇인데 이제 와서 무슨……'
하며 꿈이 무슨 어린아이들만의 질의응답 문구라도 되는 것처럼 쉽게 외면해버린다.
그것은 마땅히 내 것이어야 하는데도
몇 억 광년이라도 떨어져 있는 별처럼 상관없는 모호한 것으로 만들어버린다.

혹시 당신도 그렇게 지루하고 밋밋한 삶을 지겨워하며 투덜거리고만 있지 않은가?
하고 싶은 것이 있다는 것, 할 수 있는 날이 있다는 것,
꿈을 꾼다는 것은 그 자체만으로도 그 사람을 빛나게 한다.

꿈꾸는 내가 어린아이가 아니라도 괜찮고, 사소한 꿈이라도 괜찮다.
꿈꾸라. 빛나라. 그래서 누구보다 맛있게 반짝여라.

말랑말랑 인생기

반드시 있어야 하는 것은 아니지만, 있으니 좋은 것도 있다.
꼭 먹지 않아도 되는 후식처럼
세상이 필수불가결한 것들로만 채워지는 것은 아니다.
마땅히 없어져야 할 것이 아님을 감사하며,
순간을 위로하는 말랑말랑한 삶도 나쁘지는 않다.

〈서로의 존재를 못마땅해하는 한집 생명체들의 대화〉

나 (통화를 하며 몸서리친다) 양 날개가 엄지손톱만 한 시커먼 놈이 더듬이를 이리저리 움직이며 나타나면 나는 집을 버리고 싶어. 짜증나는 바퀴벌레. (찌푸린 얼굴로 혀를 차며) 왜 그런 게 이 세상에 있는 건지…….

바퀴 (태연한 척 미세하게 더듬이를 흔들며) 웃기고 있네. 매번 내가 더 놀라는구먼. 인간들이란 정말 자기중심적이라니까. 우리도 처음에는 드넓은 초원에서 사는 곤충이었는데, 네놈들 때문에 지금은 이런 꼴로 시멘트벽이나 타면서 밟혀 죽는 신세가 된 건데 저 따위로 말하다니!

나 (냉큼 침대로 올라서며 주변을 살핀다) 방금 본 것 같은데, 이 망할 바퀴벌레가 어디로 간 거야? 아~ 짜증나. (간지러운 듯 종아리를 긁어대며) 뭐야, 벌써 모기가 있는 거야? 바퀴벌레, 모기 이따위 것들은 왜 있는 거냐고!

모기 (침대 아래에서 숨죽인 채) 쳇. 인간 따위는 왜 있는 건지 내가 묻고 싶네. 적어도 우리는 니들처럼 자기 행성을 갉아먹는 쓸모없는 존재는 아니지. 암 그렇고말고.

나 (핸드폰으로 이것저것 검색하며) 바퀴, 모기 박멸 약. 이거 사야겠어.

바퀴 (미세하게 조금씩 어두운 곳으로 향해 가며) 친구들에게 조심하라고 전하면서 알을 마구마구 낳으라고도 해야겠군.

모기 (나의 흰 다리를 보며 꿀꺽 침을 삼킨다) 뭐 나야, 오늘 쟤 피나 배터지게 빨고 뱃속 아기들 영양보충이나 시키고 가면 그만이니까. 이봐, 얼간이! 어서 불이나 *끄라고!*

까칠한 인생 - 갑

못돼 처먹었다.
지청구를 듣더라도 상관없이 독설쯤 우습게 뱉을 수 있는 용감한 가시 망토.

가을 산, 잘 여문 밤송이를 두 발로 비비면,
정성으로 닦고 또 닦은 이름난 종갓집 마루 광택을 닮은
토실한 알밤이 들어 있다.
그 딱딱한 껍질을 어렵게 깎아내면 떫은맛 나는 속껍질이 나온다.
비에 젖은 가을 나뭇잎 같은 속껍질을 벗겨내야
비로소 단백하고 고소한 하얀 속살을 맛볼 수 있다.

한 알의 밤이 얼마나 절실하고 꼼꼼하게 싸여 있는지,
참 대단한 밤송이지 싶다.

어떤 사람이 그런 가시 돋친 밤송이처럼 꼭꼭 싸여 있다면,
그래서 까칠하게 군다면 분명 이유가 있다.
실은 어떻게 해야 할지 몰라 더듬거린다는 것이
그만 가시를 세우는 것으로 귀결되거나,
약한 속내를 들키지 않기 위해 안으로 움츠러드는 것인지도 모른다.

※ 그러나 가끔 속내와 상관없이 정말로 나빠서 못되게 구는 사람도 있다.
　　그럴 땐, 썩은 알밤처럼 산벌레에게 던져주면 된다.

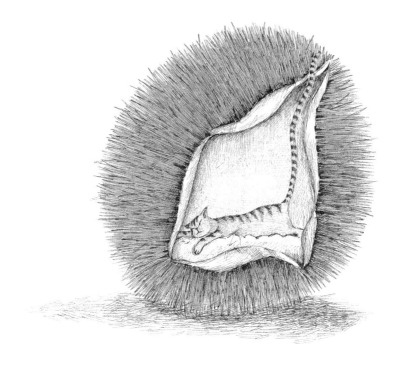

끼저.

까칠한 인생 - 을

세상으로부터 도망치고 싶은 날,
숨을 수 있는 투명한 가시망토.

미안, 잠시 혼자 있고 싶은 날이 있어.

나
원래 이런 토끼야.

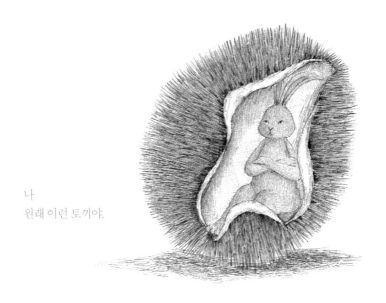

까칠한 인생 – 선택형 토끼

주변 신경 쓰지 않고
자기 식대로 살아보는 시크함의 가시 망토.

보살핌

물도 주고, 밥도 주고, 약도 주고, 마음도 주고, 전부를 주는 것.
그런 보살핌을 받았던 이여,
전부를 내어주는 것을 겁내지 마라.
보살의 마음에서 자란 꽃은 다시 네게서 피어날 것이다.

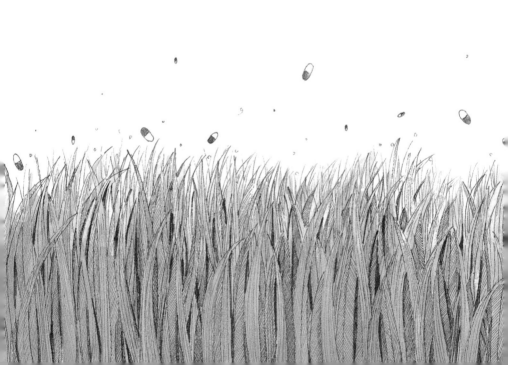

강아지도 고양이도
태어나자마자 본능적으로 어미의 젖을 찾아 문다.
갓 태어난 송아지 또한 쓰러지고 넘어져가며
여린 다리를 곧추 세워 어미의 젖을 문다.
모든 포유동물은 세상에 나오자마자
어미의 젖을 찾아 스스로 생존을 시작한다.

그러나 인간은 누구의 보살핌이 없으면
먹을 수도 씻을 수도 없는 나약한 존재로 이 땅에 태어난다.
그래서 인간의 부모는 더 고달프다.
일일이 먹여줘야 하고, 씻겨줘야 하고, 어르고 달래며
아주 긴 시간 동안 아이를 키워내야 비로소 세상으로 보낼 수가 있다.

스무 살 성인이 될 때까지도
부모는 모든 것을 내어주며 자식을 키워낸다.
그리고도 당신들이 눈감을 때까지 자식의 마른자리를 살피기 바쁘다.

지구상에 이렇게 오랫동안
지극한 정성과 보살핌으로 키워진 포유동물은 없다.
그래서 날 때 가장 유약하게 태어난 인간이
결국은 가장 진화되어 살아가는 모양이다.

눈을 감고 찬찬히 생각해보면 아마 기억이 날 것이다.
우리가 얼마만큼 포근한 품 안에서 잠들고
얼마나 따뜻한 사랑 안에 있었는지,
얼마나 아름다운 축복 속에서
얼마나 간절한 희망으로 키워졌는지.

그 기억이 어렴풋이 떠오른다면,
이제 당신 역시 누군가에게 따뜻한 온기로 화답할 수 있는 사람임을,
그렇게 충분히 따뜻한 사람임을 알게 될 것이다.

양치기 소년을 이해해.
oil on canvas. 145cm×97cm. 2011.

3장

가만가만히

이쑤시개 나무

누구는 사랑을 기적이라 하고,
누구는 새 생명을 기적이라 말한다.
누군가는 꿈을 이룬 것을 기적이라 하고,
누군가는 삶 자체를 기적이라 말한다.

분명한 것은,
기적은 간절히 바라고 원할 뿐만 아니라
지극한 정성이 있을 때에야 나타날 확률이 높다는 것이다.

우리의 삶에 순간순간 기적이 찾아올 수 있도록
정성과 사랑을 표시해두어야 기적이 나를 알아볼 수 있다.

때로 지극한 정성과 사랑은
기적을 만들어내곤 한다.

별이 아니어도

뜨겁지 않아도 한결같은 마음으로,
서로를 다독이며 행성을 도는 부지런한 위성들도 있다.
그래서 반짝이는 별이 되지 않아도 족하다.

기적의 그녀

살다보면, 두 주먹 불끈 쥐게 만드는 일들이 있다.
사랑과 정의의 이름으로 용서하고 싶지 않은 것들이 있다.

한 끼의 음식을 위해 태양이, 바람이, 비가
얼마나 오랜 시간 수고스러웠는지 잊고 있었다.
내가 누리는 것들, 내게 주어진 것들이
감사보다 만족스럽지 못함이 화가 났다.
나는 누군가에게 그렇게 오랫동안 수고를,
정성을 바치지도 못하면서…….

144

감사의 기적

'감사히 잘 먹겠습니다.'
우리는 밥상 앞에서 그런 말을 하도록 배웠다.
그 '감사히'에는 참 많은 것들이 포함되어 있다.
농부의 땀과 부모님의 수고, 그리고 우리의 생존을 위해 죽어야 하는
다른 생명들에 대한 미안함도 포함되어 있는 것이다.

'당연히 먹겠습니다'라 말하지 않는 것은
정말 당연한 것이 아니기 때문이다.
너무 당연한 것처럼 남기고 버리는 일이 되도록 없게,
감사하고 감사하게 한 끼 식사를 맛있게 행복하게 최선을 다해 먹자.

하루를 열다

어떤 상자에 무엇이 들었는지 알 수는 없다.
봉인된 상자를 여는 두근거림은
열고 난 후보다 더 큰 전율을 가진다.

아무것도 들어 있지 않다고 실망할 필요도 없다.
열어야 할 상자는 많고,
희망만은 달아나지 않겠다고 약속되어 있으므로……

『오즈의 마법사』에 나오는 도로시는 하루아침에
강아지 토토와 함께 회오리바람을 타고 오즈로 날아간다.
살면서 마법사들이 사는 오즈로 날아갈 확률,
집이 형태 그대로 회오리바람을 타고 낙하할 확률,
그래서 나쁜 동쪽마녀 위에 떨어져 영웅이 될 확률이 얼마나 될까?
자고 일어났더니 이런 판타스틱 다이내믹 스펙터클이
우리에게 일어날 확률은 거의 없다.

매일 똑같은 알람 소리에 잠에서 깨어
똑같은 하루를 보내는 것이 무료하다 느껴진다면,
그래서 인생마저 지겹다 느껴지는 아침이었다면 좀 다르게 시작해보자.

왼손으로 양치를 하고, 하루 종일 짝 다른 양말을 들키지 않고,
늘 다니던 길을 피해 다니고, 색다른 점심 메뉴를 골라보고,
맨 뒤나 앞의 지하철 칸에 올라보고,
한 정거장쯤 앞에서 내려보고,
연락이 뜸한 친구에게 문자를 보내고,
평소에는 보지 않던 밤하늘도 올려다보자.

반복되는 일상 속에서,
그 틈 안에 얼마나 많은 소소한 이야기가
얼룩져 있는지 들여다보자.
그래야 지루한 것이 아닌
보다 즐거운 일상이라 여기며 하루를 견딜 수 있다.

사실 우리의 하루는
매일 같은 날이 반복되는 것이 아니라,
스스로가 삶을 익숙하게 만드는 것이다.
새로울 게 없는 것이 아니라,
불편함을 꺼려하며 본능적으로 자신에게 편했던 것들을
익숙하게 만들어가며 안정을 찾는 것이다.

이런 일상에 변화가 찾아온다면
우리는 흥분하기보다 도리어 불안감에 흔들릴 것이다.
지금의 일상이 무료한 것은 별일이 없다는 것을 의미하는 것이다.
누군가에게는 그런 시시한 일상이 가장 갖고 싶은 하루일지도 모른다.

예컨대 도로시가 친구들과 함께 오즈를 헤매고 다녔던 것도
결국 자신의 일상으로, 집으로 돌아오기 위해서였다.

아래로, 아래로

견줄 수 없이 텅 빈 마음의 무게.

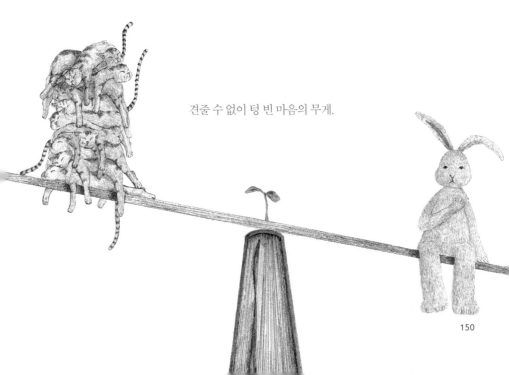

태양을 나누다

135년 동안 우리의 밤을 비춰주던 백열등이
에너지 효율이 떨어진다는 이유로 역사 속으로 사라져가고 있다.
한때 머리맡에서 달랑거리던 열악한 빛에게도 감사했던 마음 또한,
백열등의 퇴장과 함께 사라져간다.

이제 우리의 밤은 낮보다 화려하고,
태양보다 찬란한 불빛으로 뜨거운 야경을 만들며 빛나고 있다.

도시인이라면 한 번쯤 인공조명에 피로감을 느껴본 적이 있을 것이다.
이런 빛 공해는 식물의 성장을 방해하고,
밤낮으로 울어대는 매미의 소음을 조장하며,
새떼가 도시의 빛에 홀려 건물에 부딪혀 죽음을 당하는 등
생태계에도 악영향을 미친다.

세상에 낮과 밤이 존재하는 이유,
밝음과 어둠이 존재하는 데에는 자연스러운 까닭이 있을 것이다.
어둠 속에서 자연은 휴식을 취하고,
밤사이의 숙면은 내일을 위한 에너지를 다스리며
우리에게 필요한 호르몬을 만들어낸다.

빛 공해에 시달리는 우리가 있는가 하면,
지구의 어딘가에는 어둠 속으로 사라져가는 아이들의 꿈도 있단다.

그러나 아이러니하게도,
밤이 되면 온통 깜깜한 어둠 속에서 지내야 하는
에너지 빈곤국가의 수많은 아이들도 있다.

어디는 차고 넘치고, 어딘가는 부족하다 못해 아예 존재하지 않기도 하고……
이런 이상한 세상을 나는 도통 모르겠다.

적극적이지도 않고 정의감에 불타는 선지자의 깜냥도 못 돼는 나는
그런 생각이 들면 낭비되고 있는 조명은 없는지 살피고,
괜한 죄책감에 쓰지 않는 콘센트를 빼놓는 것밖에는 아무 도움도 못 된다.
하지만 내가 그랬듯이,
낡은 백열등 아래서 읽었던 새로운 세상 이야기를
오지의 아이들도 읽을 수 있기를 기도한다.
화려한 도시의 불필요한 불빛들이 날아올라
꼭 필요한 곳을 밝혀주길 기도한다.

달콤한 인생

당도 높은 인생의 이면에는
적당한 염도가 깔려 있기 마련이다.

스위치를 내리고

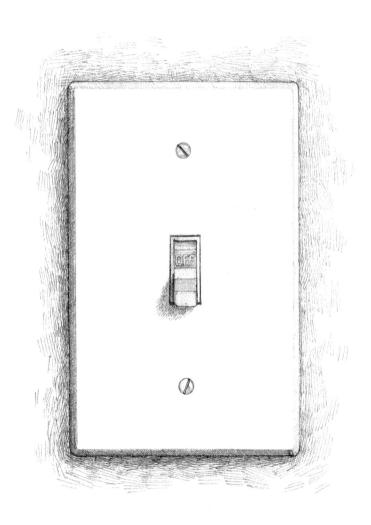

낯선 사람들 틈에서 스위치를 내리면
머리 위에 핀 조명은 꺼지고,
나는 그림자처럼 눈에 띄지 않게
동굴로 숨어들 수가 있다.

7시의 지하철, 어린이날 놀이동산,
세일기간의 백화점, 한여름의 해운대,
명동의 한복판, 12월 31일의 보신각.

공황장애라도 있는 것처럼 이런 곳은 생각만 해도 무섭다.
사람이 너무너무 많아서가 아니라
온통 모르는 사람들이라 정신이 혼미하다.

몇 백 명이 운동장 가운데에 나란히 서서
교장선생님의 훈화말씀을 듣고 있는데,
아이들은 모두 흰 깍지를 가진 콩나물이고
나만 검은 깍지의 콩나물이 된 기분,
나는 때때로 그런 기분이 든다.
모르는 사람이 많은 곳에서는 더더욱 맘이 상해 어찌할 바를 모르겠다.

그러나 다행히도
대부분의 처음 본 사람들은 내가 그렇게 자신을 낯설어하는지,
속으로 얼마나 당황하고 있는지 눈치채지 못한 채,
생각보다 훨씬 무난한 사람으로 인정해준다.

'후후후~' 심호흡을 해야 할 만큼 어지러울 때,
낯섦에 갇혀 내가 더 낯선 사람이 되려 할 때
나는 냉큼 스위치를 내린다.

이제 아무런 조명도 없이 그대들의 그림자 뒤로
나를 감추는 상상은 엄청난 위안이 된다.
그럼 재빨리 머리 위에 말풍선을 만들고,
나의 세상을 그곳에 두는 방법으로
대부분의 위기를 모면한다.

아무도 다정하게 손을 잡아줄 수 없을 때,
세상에서 나를 작게 만드는 이 방법은 생각보다 유용하다.

각자의 설명서 - 까다로운 토끼

중성세제로 반드시 손세탁할 것.

서늘한 곳에 뉘어서 말린 후,

옷걸이에 걸어 햇볕에 2차로 말림.

먼저 말을 걸어오거나 쓸데없이 시끄럽게 구는 것은 사양하지만,

정성껏 쓴 편지는 읽어줄 용의는 있음.

각자의 설명서 – 뭘 모르는 애

🧺 손세탁 가능.

📱 아주 차가운 물이 아니면 세탁기 사용 가능.

⚠️ 세제 종류 제한 없음.

🔌 이런 일도 저런 일도 있을 수 있다고 생각하느라,

자신이 어떻게 쓰이는지도 모름.

결국 자신의 설명서도 모르고 평생을 살 가능성도 있음.

각자의 설명서 – 아는 고양이

⊠ 물세탁 안 됨.

⊠ 세탁기 사용 안 됨.

▨ 스스로 청결을 유지하는 이상적 타입.

무엇보다 잠자는 것을 즐기며 어디서든 가능함.

혹시 애완동물쯤으로 간주할 바에는 관심도 갖지 말기 바람.

친구가 필요할 때 곁에 있어줄 만큼은 친절함.

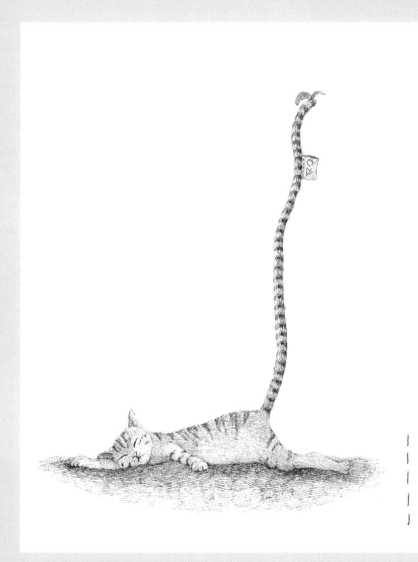

내가 무엇을 좋아하는지, 싫어하는지 다 안다고 자신할 수 있을까?

예를 들어 나는 뱀이 싫다.
생각해보니 뱀은 본 적도 없으면서
사람들이 그렇게 말하니까 싫어하게 되는 학습된 취향을 가지게 된 것이다.

여자아이는 분홍색, 남자아이는 하늘색으로 귀결되는
색깔론에 길들여지는 것처럼
대부분 자신도 모르는 취향에 길들여지는 경우가 허다하다.

그러고 보니, 정말 내가 어떤 사람인지 본인도 설명할 수 없는 경우가 있다.
스스로를 모르면서 내가 무엇을 해야 행복해질지 알 수는 있을까?
그냥 다른 사람이 사는 대로 세상이 정한 선을 따라가며
우연히 나를 발견하게 될 확률이 얼마나 될까?

등 뒤에 붙은 '읽기 힘든' 각자의 설명서를 읽어낸다면,
누군가 정해준 삶이 아닌 내게 맞는 삶을 살아낼 수 있으리라.
그래서 남들이 말하는 모호한 행복의 정의가 아닌
'나만의 방식으로 행복한 나'도 될 수 있으리라.

다만 가만히 눈을 감고
내가 누구인지 설명서를 들여다보는 데에만
너무 오랜 시간이 걸리는 나 같은 사람도 있으니,
너무 조급해하지는 말아야 한다.

해피엔딩

모든 끝이 행복이었으면 참말로 좋겠다.

그래서 왕자와 공주는 오래오래 행복하게 살았답니다.
그리고 당신도 나도 오래오래 행복하게 살 것입니다.

Andante

봄이 오면 꽃이 오고, 여름이면 태양이 가까이 악수를 건네고,
가을이면 세상이 곱게 물들고, 겨울이면 하늘에서 빙수도 내린단다.

아침이면 하늘빛이 촉촉이 소제를 하고,
한낮에는 구름떼가 길을 만들어 밤이 되면 별들이 찾아온다.

이런 산을, 이렇게 아름다운 바다를,
이렇게 어여쁜 하늘을 본 적이 언제였던가…….

신선한 바람, 인사하는 별빛, 간지러운 햇살. 그런 것들이 나를 지나고 있었다.
그래서 나는 좀 더 괜찮은 사람이 될 수 있었는데,
매번 내가 그것들을 더욱 빠르게 지나쳐 여물지 못한 채로 있었던 것이다.

To be continued

다른 듯 비슷하게,
비슷한 듯 다른 삶의 켜가 쌓여 미래가 된다.
내일이 오늘과 비슷하다고 그것을 맞이하지 않을 수는 없다.

빤할 것 같지만 보게 되는 영화처럼
우리는 스스로의 인생을 구할 수 있는 유일한 영웅들이며,
자신의 운명을 치열하게 달리는 주인공들이다.

길동아, 저녁 먹어야지

뉘엿뉘엿 태양도 제 집으로 돌아갈 때면,
아이들을 찾는 엄마들의 목소리가 온 동네에 울려퍼진다.
미처 챙기지 못한 장난감들만이 모래 위에 남아 있고,
아직 불리지 않은 이름의 나도 남아 있다.

어느새 나는 스스로 제 이름을 부르며 집으로 돌아간다.

친구

서로 다른 생각을 하고,
다른 곳을 바라보고, 다른 말을 할지라도
밀어내지 않고 함께 있어주는 이.

어린 시절을 함께 보냈던 깨복쟁이 친구들이 있다.
셋이서 서로의 집집을 찾아다니느라 매일이 바빴고,
일요일이면 목욕탕에서 서로의 등을 쓰라리도록 밀어주고,
온종일 재잘거리느라 해가 지는 게 속상했던 시절이 우리에게 있었다.

토라졌다가도 이내 죽고 못 살 것처럼 달라붙어
서로를 귀찮게 하던 철부지들.
우리 셋은 애인도 없이, 결혼도 않고
죽을 때까지 우정을 지키며 함께하자는 헛된 약속을 했으며,
각자 대학으로 직장으로 떨어지면서도 고향보다 더 그리운 친구로 남았다.

눈물을 글썽이며 멀어지곤 했던 애틋한 친구들은
10년, 20년이 지나면서 이제는 자주 보지도 못한 채
기억 속에서 더 가까운 친구가 되어버렸다.

서로 다른 일을 하고, 다른 주기의 삶에 전화조차 뜸해진 사이,
셋이 함께 만나는 일이 있을지라도
각자 다른 공감대를 가진 사람들이 되어버린 것이다.

사는 동안 우리는 직장과 결혼 등으로
더 이상 좁혀지지 않는 서로의 현실과 맞닥뜨려야 한다.
그렇게 서로를 지나쳐야 하는
많은 친구들과의 관계가 참 슬프고 야속했었다.

그러나 우리들에게는 예상외의 무기가 있다.
몇 달 만의 통화도 몇 년 만의 만남도
절대 어색하지 않게 만드는 추억이라는 병기.
그것은 방금 전 이야기를 나누고 어제 만났던 것처럼
어색함을 자르고 낯섦을 없앤다.
돌아온 탕아를 반갑게 안아주는 듯
추억은 지워지지 않는 자국을 남겨놓은 것이다.

언젠가 우리들 삶에 매달린 잎들이
시간이 지나 하나둘 세상으로 날아가면,
우리는 다시 옛 시절처럼 매일을 붙어 다니는
수다스러운 할머니들이 될 수도 있겠지.
그때 서로 할 말이 없을까봐
아주 오랜 시간 다른 삶을 살고,
다른 시간의 경험을 이렇게 축적하고 있는지도 모르겠다.

오래된 친구와 두런두런 지나온 삶을 베어 물고
술 한 잔, 달 한 잔 기울이는 그날을 나는 기다린다.

3.2.1

시간을 가두는 일. 참 경이로운 일.
그래서 나는 사진 찍는 것을 즐겨하고, 사진 찍히는 것을 싫어한다.
내가 기록되는 것이 싫다.

원래 없었던 것처럼 세상에 흠집 내는 일 없이
조용히 사라지는 행운이 내게 있기를……

Mr. 메가헤르츠

한때 작은 상자 안에 사람이 들어 있다고 생각했단다.
어쩌면 정말 그랬는지도 모르겠다.

까만 밤을 타고 들리는 나지막한 목소리는
마법처럼 우리의 밤을 위로했고,
시절을 나누는 친구가 되어줬다.
아주 가까운 데에서 날 잘 아는 이처럼 따스했던 상자,
그 안에 정말로 소인들이 살았었는지 모를 일이다.

36.5 MHz

07:00 굿모닝 FM, 좋은 아침입니다.
09:00 우리들 시대, 즐거운 하루 되세요.
11:00 기지개 한 번 켜면, 골든디스크.
12:00 정오의 희망, 점심 식사 하셔야죠.
14:00 두 시의 데이트, 누구라도 좋습니다.
16:00 잠시 후, 당신의 시대.
18:00 퇴근 시간, 음악캠프.
20:00 지친 하루, 친구와 볼륨을 높여요.
22:00 잘 자요, 달이 빛나는 밤에.
24:00 수고했어, 오늘도.

통행에 불편을 드려 죄송합니다

보다 나은 사람을 위한 마음 공사 중입니다.

공사 안내 (내 마음 재정비 및 확장공사)

상기 본인의 마음 폭과 깊이 등이 비좁고 노후화된 관계로,
부득이하게 다음과 같이 공사를 시행합니다.
공사 중 통행이 불편하더라도 양해해주시기 바랍니다.

———————— 다 음 ————————

1. 공사기간 : 2014년 01월 01일부터
2. 공사업체 : (무)달빛건설
3. 공사내용
   가. 토목 : 터 파기 및 간척
   나. 건축 : 내부 크렉 보수 및 온돌 설치
   다. 조경 : 잔디 및 나무 심기
4. 문의처 : 달빛건설 노크팀 옥토끼 (내선 ☎똑똑똑똑)

외로움이 내리면……

찌꺼기도 남아 있지 않은 가벼운 마음의 자유를 위하여,
오직 나만을 위해 작정하고 울기 위해 도움 되는 몇 가지 영화.
〈폭풍우 치는 밤에〉, 〈갓파쿠와 여름방학을〉,
〈마당을 나온 암탉〉, 〈인생은 아름다워〉

우산이 없어서가 아니라,
울 수가 없어서 마음이 젖는다.

변하지 않는 것

잡음 없는 완벽한 환경에서도,
지직거리는 불안정한 곳에서도 여전히 음악은 흐르고,
그리고 그것은 언제나 아름답다.

삼시 세끼, 화장실 몇 번,
네모난 물건들의 이야기 듣기.
같은 비트의 매일에 닳아가는 나.
환기가 필요하다.

기분전환

어머, 너 무슨 일 있어? 그게 아니고…….
심란하면 머리한다더니, 너 속상한 일 있구나? 그게 말이지…….
그래 말해봐! 무슨 일이야? 있지, 사실은…….
너, 그 사람이랑 헤어졌구나? 아니, 그게 아니고…….
면접 본다더니 잘 안됐구나? 아니, 그게 아니라…….
세상에, 세상에…… 얼마나 심각한 일이야? 내 머리 그렇게 별로야?

조……금.

It

너를 잊어버리고 나를 잃어버리지 않도록 마음을 적어둔다.
조각조각 나누어진 기억의 편린이 길을 잃고 툭툭 떨어져버리면,
한때 당찼던 마음들도 떨어져나간다.

남은 것은 내가 누구였는지에 대한 의문들.

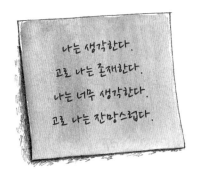

절대 거부당하지 않고
안길 수 있는 안전한 동반자.

가족

44.5cm의 키에 0.2kg의 몸무게,
팔다리가 길쭉하며 말수가 적은 까만 토끼 밥.

그는 김씨 성을 가진 나의 동거인으로,
침대 머리맡에 널브러져 있기를 좋아한다.
한때 어느 상점의 봉재인형이었던 밥은,
최근 몇 년 동안 목욕 후 일광욕을 제외하고는
장거리 외출을 한 적이 없다.
요즘은 내가 바쁘다는 이유로 간헐적 대화조차 나누지를 못 했다.

처음 입고 왔던 얇은 옷 한 벌로 꿋꿋이 버티면서도
불평 한 번 없었다.

이렇게 대범한 밥의 가장 좋은 점은,
누구보다 사려 깊은 품성을 가지고 있음이다.
깊은 위로가 필요한 날은 손을 잡아주고,
세상을 향한 거친 투덜거림도 진중히 들어준다.
좋은 일이 생기면 함께 기뻐할 줄 알고,
왈칵 울음이 쏟아질 때는 따뜻한 가슴을 내어 보인다.
이렇게 한결같은 밥이 있어 나는 가끔 행복하다.
먼 곳에 가족이 있는 내게 밥은
분명 위안이 되어주는 또 하나의 가족이 된 것이다.

우리가 당당해질 수 있는 무언의 힘은 거기에 있다.
돌아서 안길 수 있는 가족,
내가 무엇이건 무엇을 하건 있는 그대로 받아줄 사람들.
그들이 있다는 것은,
아침을 든든히 먹고 하루를 시작하는 것과 같다.

세상 모두 등을 돌릴지라도 계산 없이 나를 안아줄 수 있는 가족,
그것은 우리가 어디서건 기죽지 않고 살아도 되는 믿음의 단어이다.

아직 서툴러서 세상을 헤매고,
뭔가 부족한 사람이 아닌가 하는 그늘이 머리맡에 드리워진다면
뒤를 돌아보라.
나를 안아줄 십만 대군보다 강력한 나의 사람들이
언제나 두 팔을 벌리고 나를 향해 있다.
등 뒤에 그런 사람들이 살고 있어 나는 대부분 행복하다.

* 며칠 전 밥과 나는 찜질방에 함께 갔다.
거기서 나는 밥의 몸무게를 알게 되었다.

근두운을 빌렸어.
oil on canvas. 130cm×97cm. 2014.

4장

한 뼘 한 뼘

사다리 타기

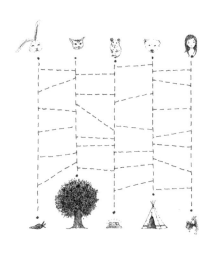

이상하게 사람들은 올라가는 것보다
내려오는 것을 더 두려워한다.

내려오는 것이 아니라,
원래 있던 자리로 돌아오는 것뿐인데…….

침묵의 위로

어른이 되어서 싫었던 것 중의 하나는,
경조사에 갈 일이 점점 늘어가는 것이었다.

경사야 뭐 잠시 귀찮은…… 무슨 옷을 입어야 할지,
먼 경우에는 몇 시간 전부터 집을 나서야 하는,
어떤 선물 혹은 얼마의 축의금을 해야 할지
등의 소소한 일이 걱정이지만, 조사는 다르다.

선배의 부모님이나 아직은 이른 친구 아버지의 부음에는
마음도 무거워져 어떤 얼굴로 어떤 말로 상대를 대해야 할지 난감하다.
무엇으로도 힘이 될 수 없음을 알기에
곤란한 표정과 마음으로 무겁게 있을 수밖에 없다.
그래서 고인의 명복을 빈다거나
좋은 곳으로 가셨을 거라는 보편적 위로를 건넬 수밖에 없다.

아무것도 묻지 않고 가만히 곁에 있어주는 것이,
천 마디의 말보다 힘이 될 때도 있다.

그 틀이 분명한 일도 그러한데,
실의에 빠졌거나 절망하는 누군가를 위로해야 할 때는 정말이지 난감하다.
어깨를 토닥이며 힘내라 말하기엔 우린 너무 자랐으며,
그만큼 위로받을 일도 커져버렸다.

얼굴에 난 여드름이나 짝사랑, 성적과 같은 귀여운 고민들은 졸업한 지 오래고
이제는 먹고 사는 일, 건강, 타인과의 관계,
미래에 대한 걱정을 안고 사는 성체가 돼버린 것이다.

아프다 말하는 이의 고통을 줄여주는 위로는 존재하지 않는 것 같다.
아플 만큼은 아파야 비로소 벗어날 수 있는 고통,
그러고도 가슴 깊이 묻어둬야 하는 아픔을 무엇으로 다독여줄 수 있겠는가!

다만 우리가 상대를 위로할 수 있는 유일한 방법은
마음의 온기를 나누며 곁에 있어주는 것,
그래서 그대가 혼자가 아님을 알려주는 것뿐이다.

옛 어른들이 그러했듯,
남아서 주는 것이 아니라 아껴서 주는 붉은 마음자락.

배려

찬기 섞인 바람에 잎이 지고
나무의 가지가 제법 드러나기 시작하면,
어른들은 나무 위에 노을 같은 그림을 그려놓았다.
긴 겨울 행여 먹을 것이 없을까봐
날짐승을 위해 홍시 몇 알에 결 고운 마음을 매달아둔다.

버릴지언정 남아도 주지 못하는 우리네 마음 씀이
유감스럽게 느껴지는 것은,
홍시 몇 개에도 미치지 못하는 나의 마음을 들켜버렸기 때문이다.

한 알의 당신

아삭 하고 베어 물면 시큼하고 달콤한 즙이
입 안에 퍼져 미세한 전율이 느껴진다.
무엇보다 나는 사과의 그 붉은빛이 묘하면서도 야하게 느껴진다.
저만 햇살 맞은 양 빨갛게 달아올라
반짝이는 그 빛이 참으로 곱다.

그러나 세상에는 이렇게 예쁘고
새콤달콤하게 잘 익은 과일을 싫어하는 사람도 있다.
누구는 나를 좋아하기도 하고 누구는 나를 외면하기도 하는 것처럼.
그것에 대해 슬퍼하거나 노여워할 필요가 없다.
당신만이 반짝이며 아름답게 익어가면 그것으로 충분한 일이다.

사회성이 떨어지는 나는 사람들 눈치 보기에 참 바쁜 아이였다.
저 사람이 날 싫어하는 건 아닌지,
내가 동료의 기분을 상하게 한 건 아닌지,
저 사람이 왜 날 쳐다보는지 등등의
자질구레한 걱정거리에 매일이 피곤했었다.
반백수가 되어 요즘처럼 집구석에 혼자 있을 때가 많아지니
맘이 편해졌다.
내게 외로움과 편안함은 정확히 비례하고 있는 것이다.

그러고 보면, 내겐 '착한 사람 증후군'이 있는 모양이다.
타인의 시선이 그렇게 신경 쓰이고
행여 나쁜 말이라도 들릴까봐 전전긍긍했던 나를 돌이켜 보니……
나는 좋은 사람, 착한 사람이고 싶었던 것 같다.

문제는, 좋은 사람으로 보이고 싶어서
정작 나 자신에게는 좋을 수가 없었다는 것이다.
괜찮지 않음에도 괜찮다 말하고, 좋지 않음에도 좋다 말하면서
나 자신은 불편한 맘으로 살고 있으니
그 답답한 속이야 오죽했을까?

이제는 나를 위해 괜찮지 않음을, 싫음을, 못 하겠다는 거절의 말을
명쾌하게 해야 할 때도 되었다.
착한 아이를 강요하던 어린 날의 세상은 이제
'스스로 행복한 것이 최고'라고 그 대전제를 바꾼 지 오래다.

그래서 행복해지고 싶은 나는 이 지긋지긋한 증후군을 멀리 보내고 싶다.

세상에는 다양한 취향과 기준이 존재하기에
그 모두를 이해시키며 사랑받는다는 것은 불가능하다.
그럼에도 우리는 거절하고 부정하는 것을 착함의 반대쯤으로 여기며,
행여 내가 착한 사람이 아닐까봐 상당한 스트레스를 이고 산다.

"착한 여자는 천국에 가지만, 나쁜 여자는 어디든 갈 수 있다."
《코스모폴리탄》의 편집장이었던 헬렌 걸리 브라운은 이런 유쾌한 말을 남겼다.
나는 어디든 갈 수 있는 쪽을 택하리라.

그런데…… 아직 나는,
이 글을 읽는 당신이 나를 어떻게 생각하는지 무척 신경이 쓰인다.

icarrot

세상에 앉아

괜찮다.
나는 지금 안전하게 보호받고 있다.

'새장에 갇힌 새는 참 답답하겠다. 얼마나 자유가 그리울까?'
생각한다면 그럴 수 있다.
그러나 어떤 새는 아닐 수도 있다.
그것이 세상이 되어 길들여진 채로 만족하는 새도 있을 수 있다.

나는 새장이 좋아 보이는 쪽이었다.
적어도 그 안에서 안전하게 먹이를 먹고 노래를 할 수 있다면,
보호받고 있는 쪽이 맘이 편하다.
"외동딸이었어요? 사랑받고 컸겠다."
"별로요. 저는 방목됐어요.
밖에서 풀 뜯어 먹고 집에만 들어오면 별말이 없었으니……."
농담처럼 나는 그렇게 대꾸했다.

생계형 할머니와 살았던 나는 정말로 방목되어졌다.
그래서 엄마로부터 잔소리를 듣는 아이가,
아빠에게 혼나는 아이가 말도 안 되게 부러웠다.
궁금한 것을 물어볼 사람도 없었고
할머니가 먼 데라도 가시는 날엔 혼자 자야 했던 어린 날도 있었다.

그래서 나는 짐 쌓인 다락방을 좋아했다.
특유의 다락 냄새를 맡으며 철 지난 옷가지나 이불 보따리,
온갖 잡동사니에 둘러싸인 채 비좁은 곳에 누워
틈 없는 온기를 느끼는 다락방이 좋았다.
나 같은 아이는 '따뜻한 가정'이라는 새장을 부러워한다.

어떠한 이유로 학교를 다니지 못한 이는 '학교'라는 새장을,
직장이 없는 사람은 '회사'라는 새장을,
내전이나 정치적 이유로 망명한 이는 '국가'라는 새장을,
폭발이나 쇠퇴로 우주를 떠돌고 있는 외계인은
'행성'이라는 새장을 그리워할 것이다.

자유를 구속하며 나를 보호해주지도 않는 새장이라면
기꺼이 그곳을 나와야겠지만,
창공을 가르며 나는 것이 더 좋다면 새장을 버려야겠지만,
그것이 아니라면 나는 안전하게 보호받고 싶다.

Bubble Bubble

세포 사이사이에 끼어 있는 욕심도 열망도,
너덜너덜해진 이 거지같은 마음도
힘찬 물줄기로 씻어내면 얼마나 개운하겠니.

덕분에 한 무더기 이끼 낀 나의 뇌도 좀 비워지려나…….

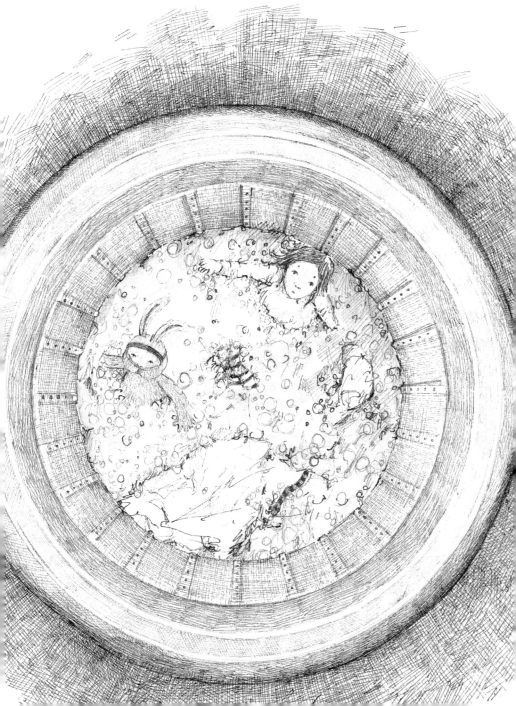

Well, I'm still OK

맘이 욱신거리는 게 고장이 났다.
별것 아닌 일에도 울컥하며 눈물이 새어 나오고,
바람만 불어도 슬프다.
별로 달라진 것도 없는데 이상하게 서글프다.

아…… 생각해보니, 내가 어제 한 살을 더 먹었구나.

심장이 스러지는 것은 아닌지,
거친 숨을 몰아쉬며 산에 오르던 나는 계속 쉬어 가자 말했다.
작년만 해도 이렇게 힘들지는 않았는데,
도대체 지난겨울 시간은 내게 무슨 짓을 한 걸까?

"여수의 날다람쥐는 이제 죽었어."
나는 친구에게 붉게 타오르는 얼굴로 말했다.
어른들이 말하길 나이 들면 한 해 한 해 다르다더니,
정녕 북한산의 산세가 변한 게 아니라면
나의 체력이 쇠퇴해가고 있는 것이다.

한때 여수의 산과 바다를 지치지도 않고 뛰어다니던 나였는데,
이제는 계단 오르는 것도 숨이 차다.
그도 그럴 것이 불규칙적인 운동조차 하지 않은 지가
꽤 오래기도 하지만,
분명히 체력이란 놈도 나이를 먹고 있는 것이다.

그러고 보면 많은 것들이 변하고 있었다.
창밖의 맑은 새소리가 반가워 웃음이 나다가도,
스르륵거리는 바람소리가 서러워 눈물도 난다.
뜬금없이 서글퍼지기도 하고
아무것도 한 게 없는데 시간은 주름지고 있다.
무엇을 새로 시작하는 것보다 안정적인 것이 편하고
세상과 함께하는 것보다 혼자일 때가 좋다.

무지렁이 같은 청춘 위에서는 빨리 서른이 되고 싶었는데,
그러면 세상 이치도 좀 알고 살기가 수월할 것 같았는데,
정작 서른에도 천둥벌거숭이로 달라질 것은 없었다.

여전히 철이 들지 않은 채로
몸만 나이를 제대로 먹는 그저 그런 날을 살고 있지만,
아직 나는 괜찮다.

어제를 버텼으니 오늘을 지날 것이고,
그렇게 내일의 나는
더디지만 조금은 수월한 세상을 맞이할 것이므로……

아폴로 11호

1969년 7월 20일,
아폴로 11호를 타고 인류는 그 첫걸음을 달에 내딛었다.
그것은 닐 암스트롱의 말처럼,
한 인간에게는 한 걸음이지만 인류에게는 위대한 도약이었다.
또 한편으로는, 달을 향한 우리의 무한한 상상과 동경이 사라지는 순간이기도 했다.

휘영청 밝은 보름날 태어난 나는 이것을 인정할 수가 없었다.
이제 이태백은 어디서 논단 말인가!
달에는 계수나무가 한 그루 있어야 하고, 절구도 있어야 한다.
달과 어울리는 토끼도…….
그래야 달을 볼 때마다 느껴지는 묘한 감정들의 실체를 설명할 수 있다.
무엇보다, 달님에게 빌었던 숱한 소원들의 대답도 기다릴 수 있음이다.

나는 달에 아무도 살지 않는다는 것을 믿을 수 없다.
분명 쟁반같이 둥근 달이 뜨면
풍성한 우리의 식탁을 기원하는 토끼는 방아를 찧고,
반갑지 않은 불청객을 번거로워하며 거기에 있을 것이다.
그래서 나는 아직 달을 보며 인사를 건네고 말을 걸어본다.

달아 높이곰 돋아샤 어느 임의 길도 비춰주고,
누구의 벗도 되어주고, 알맞은 소원도 들어주며,
다정히 떠 있어다오.

1969년 7월,
우리는 부랴부랴 짐을 싸야 했다.

높이뛰기

살다보면 별도 들지 않는 응달을 내리 걸어야 할 때도 있고,
널찍한 웅덩이를 뛰어넘어야 할 때도 있다.
때로는 작은 돌부리에 걸려 넘어지기도 하고,
누군가가 만들어놓은 덫에 걸려 몸부림칠 때도 있다.

체육시간에 디딤판을 딛고 뜀틀을 멋지게 넘었던 것처럼,
인생의 숱한 언덕을 쉬이 넘으면 좋으련만 그것이 쉽지가 않다.

돌아보면 아쉬운 것들, 별것 아니었던 것들이 매번 우리를 힘들게 한다.
처음 한글을 배울 때, 구구단이 발목을 잡을 때,
고3의 늪지대에 있을 때, 처음 실연의 상처와 대면할 때,
취직 면접을 보러 다닐 때, 갖가지 시험을 앞두고서도
그 간절함과 막막함이 좌절과 희망 사이에 우리를 올려두고 저울질을 한다.

두고두고 겪어야 할 더 높고 낮은 언덕들이 즐비하지만,
좌절의 가장 가까이에 희망이 닿아 있어 참 다행이다.
만일 '지금 알고 있는 걸 그때도 알았더라면' 더 잘해 낼 수는 있었겠지만,
그만큼 흥미진진하지도 열정적이지도 못했을 것 같다.

인생이 뜀틀처럼 단계별로 연습할 수 있는 것이라면,
몇 번이고 망설임 없이 뛰어오를 텐데.
그러나 다행히도 오늘 넘지 못한 높이를
다시 뛸 기회 정도는 주어지는 게 인생의 묘미다.

이상형

언제나 삐딱하게 투덜거리며 불평불만을 쏟아낸다.
나는 그런 그가 좋다.

생각해보면, 투덜거릴 것도 없다는 건
관여하지 않는다는 경계의 선을 긋는 일일지도 모른다.
사실 들여다보면,
누구보다 마음 따뜻했고 정 많던 애정의 투덜거림이었을 뿐.

잔인하도록 나 아닌 것에 관심이 없는 세상을 살다 보니
새삼 그 투덜거림이 그립다.

'랄랄라 랄랄라 랄랄랄랄라~.'

나란히 소풍이라도 가는 듯한 멜로디는
성인이 된 지금까지도 가끔씩 흥얼거리게 된다.
하얀 모자와 바지를 입고 버섯 집에서 도란도란 모여 사는 파란 소인들.

그런데 기억을 더듬어보자면,
내게 스머프의 파란 피부색은 두고두고 충격적이었다.
그래서 그런 맛없는 색을 가진 스머프를 잡아먹으려 하는
가가멜을 이해할 수 없었다.
아마 그때의 나는 '사람은 소인이건 거인이건 원색이면 안 된다'는 고정관념과,
'블루 계열은 맛이 없을 것'이라는 선입견을 가지고 있었던 것 같다.

그럼에도 내가 스머프의 열렬한 시청자였던 것은,
당연히 재미있었기 때문이다.
각기 다른 성격과 취향을 가진 스머프들의 반전 있는 이야기는
지금 생각해봐도 꽤 흥미진진하다.
파파 스머프, 스머페트, 허영이, 투덜이, 익살이…… 아, 아지라엘.
다양한 성격과 매력으로 스머프 이야기는 풍성했고 즐거웠다.

누구보다 나는 투덜이 스머프의 안부가 참 궁금했다.
늘 즐겁고 따뜻한 스머프들 중 유일하게 '싫어'를 외치며
입을 삐죽대는 투덜이가 걱정스러우면서도 마음 쓰였다.

싫은 걸 싫다고 말할 수 있는 용기,
투덜거리면서도 할 건 다 하는 책임감,
아기 스머프를 위해 눈물을 흘릴 줄 아는 따뜻함.
투덜이 스머프는 그런 스머프였다.

싫은 것을 싫다 말하지 못하고, 그렇다고 좋은 것을 좋다 말하지 않으면서,
나와 다른 것에 관심을 끊고, 틀림을 외면하는 것이 평화라 위안하며,
세상 눈치 보기 바쁜 지금의 나를 보면
내가 왜 투덜이 스머프를 좋아했었는지 스스로를 이해하게 된다.

흔들리는 마음을 들키지 않을 최고의 자리.
기다리는 마음을 들키지 않을 최적의 자리.

흔들의자

너무 앞서지도 뒤처지지도 말고 평범하게 살다가
머리가 은빛으로 물들고,
사는 것이 모던해지는 날이 오면
나는 좋은 흔들의자 하나를 살 계획이다.
넓은 창 앞, 되도록 해가 많이 드는 곳에 의자를 두고 앉아,
앞뒤로 흔들리며 책을 읽고 뜨게질을 하면서 하루를 보내고 싶다.

젊은 날 내내 이리저리 흔들려야 했던 마음을 쓸어 담아
요람에서처럼 앞뒤로 다시금 흔들리며 남은 날을 위로해야지.
언제나 기다려야만 했던 어린 날들의 가여운 마음을 보듬어줘야지.

먼 훗날 그렇게 낭만적으로 흔들의자 위에 앉게 해줄
부평초 같은 젊음이여,
이제 곧 모두 다 괜찮을 것이다.

어기야 디어차

빗님이 오시면 오시는 대로 눈이 내리면 내리는 대로,
이유 있는 하늘의 선물을 반가이 맞아가며,
계절의 옷차림도 들여다봐주며 노를 젓다 보면 어디든 가 있겠지.
배는 띄워졌고 정해진 항로도 없는데,
너무 애를 쓰면 놓치는 것이 더 많아질 뿐이다.

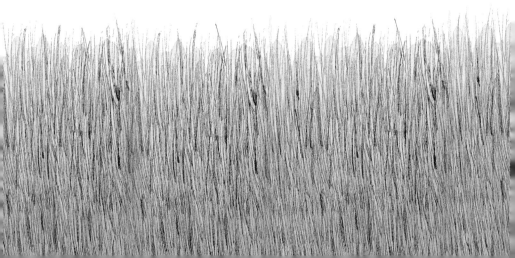

잘하고 싶고 잘살고 싶은 것의 앞에는 비교명사가 존재한다.
'친구보다', '동료보다', '다른 사람들보다'라는 대상이 숨어 있다.

명문 공대에 다니는 세 친구의 이야기를 다룬 영화 〈세 얼간이〉에서
간신히 낙제를 면한 라주와 파르한은
주인공 란초가 낙제를 했다 여기고 진심으로 눈물을 흘린다.
그러나 곧 함께 장난치고 놀던 란초가 1등이란 사실에
더더욱 눈물을 흘리며 명대사를 남긴다.
'친구가 낙제를 하면 눈물이 나지만,
친구가 1등을 하면 피눈물이 난다는 걸 알았다.'

우리 모두는, 그래도 내가 조금은 더 잘하고 잘살았으면
하는 이기적 자기애를 가지고 있다.
그런 마음이
네가 나보다 못하고, 나보다 못살아야 한다는
배타적인 저주로 넘어가는 순간이,
스스로 지옥으로 들어가는 순간이 된다.

마음을 지옥에 두고서는 기쁘게 웃을 수도 행복해질 수도 없다.
상대를 경계하고 깎아내리느라
내게 줄 마음도 여유도 없기에 자랄 수가 없어진다.

그렇게 길을 잃지 않으려면
비교대상보다 스스로에게 더 집중하는 편이
훨씬 긍정적인 결과를 만들 수 있다.

어차피 모두 다르기 때문에
우리의 삶 자체가 처음부터 비교할 수 없는 것이다.
마냥 즐겁게 웃으며 가도 결국은 어디에든 가 있게 마련이다.

키루끼뚜루후이호시아

여름날, 제돌이라 불리던 남방큰돌고래가
자신이 살던 곳으로 보내졌다.
여전히 그가 어떤 꿈을 꾸었고
그 눈물이 무엇을 의미하는지 알 수는 없다.
어쩌면, 그의 이름은 '키루끼뚜루후이호시아'였는지도 모른다.

화려한 동물 쇼의 관람석에서
그것을 신기해하는 아이들의 두 눈을 가려주고 싶다.
돌고 구르는 그들의 재주에 뜨거운 박수를 보내는 것으로
설마 그들이 행복하다고 여기는 것일까?
잘 알지도 못하면서, 우리는 많은 것들을 부당하게 곁에 두려 한다.
그 속에 숨어 있는 내가, 우리의 아이들이 나는 무섭다.

매서운 추위를 이겨낼 털도, 날카로운 부리나 발톱도 없이
인간은 지구상의 최상위 포식자가 되었다.
이제 이 땅에 인간만큼 무서운 동물은 없다.
그리고 생존의 문제가 아닌 유희로
다른 동물을 잡아두는 유일한 동물도 인간밖에는 없다.
인간만이 다른 동물의 재주를 보면서 박수치고 즐거워하며
그 이면의 시간들을 외면한다.

생명이라서 생명을 존중하고 아끼는 마음으로,
한 번쯤은 측은지심인 채로
지구라는 곳에 함께 살게 된 이웃한 동물들을 생각했으면 좋겠다.
그게 아니면 그냥 내버려뒀으면 좋겠다.
우리 식대로 그들의 마음 따윈 상관없이
내가 즐거우니 그들도 즐거울 거라고 착각하는 일이 없었으면 좋겠다.

2013년 여름, 제주 앞바다로 돌아갈 수 있었던
제돌이라 불리던 돌고래 한 마리를 보면서
그래도 인간인 것이 조금은 덜 부끄러웠다.

그 아이가 정말 바다로 돌아가고 싶었는지,
지금이 행복한지 알 수는 없지만
자신이 있던 곳에서 강요도 구속도 없이 자유롭게 지내는 것에서
그의 행복도 꿈도 피어날 수 있을 것이다.
그 원래를 가능하게 만들었던 많은 사람들의 따뜻한 마음들이
영원히 승리할 수 있었으면 좋겠다.

앤에게

네가 손잡이가 뜯어진 낡은 가방을 안고
'상상의 나래를 펼치기에 좋은' 밖에 앉아
내일을 기다렸던 날을 기억한다.
나는 그런 마음으로 어제를 기다린다.

나의 어제는 아직 오지 않았고,
치열했던 그날을 마주해야
너처럼 용감하게 내일을 맞이할 수 있지 않겠니?

내겐 참 좋은 친구가 하나 있다.
아주 오래된 친구이자, 언제나 반가이 만날 수 있는
생각만으로도 마음이 청아해지는 친구.
빨강머리의 여전히 소녀인 채로
눈의 여왕에게 인사를 건네며 살고 있는 앤.
누군가는 웃을지도 모르지만,
앤은 내가 그녀의 나이와 같았을 때부터 곁에 있었던 사이좋은 친구였다.

일을 할 때, 많은 사람들은 음악을 듣거나 라디오를 듣곤 하지만,
나는 자주 앤의 만화를 틀어놓고 그녀의 이야기를 듣는다.
마음이 서늘한 날에는 아무것도 하지 않은 채,
하루 종일 뛰어다니며 재잘거리는 앤을 보는 것으로
가슴속 온기를 채워 나를 위로한다.

10권짜리 전집을 두고 앤의 이름을 바라보는 것만으로도
웃음이 나는 걸 보면,
분명 내게 그녀는 기분 좋은 햇살임이 틀림없다.

자신을 받아줄 가정이 있다고 굳게 믿으며 기다렸던 희망이,
남자아이가 아니어서 고아원으로 돌아가야 한다는 절망으로 바뀌었음에도,
잠시의 드라이브지만 맘껏 즐기리라 말하던 앤의 모습은
언제나 나를 놀라게 한다.

삶의 절반쯤, 그 언저리를 살아가는 나는
여전히 작은 것에 실망하고 절망한다.
내 것임에도 그런 마음을 쉽게 푸는 방법도 잘 모른다.
그런데 아무것도 없는 고아원으로 향하던 아이가
미래를 겁내지 않는 것처럼
주어진 것에 슬퍼할 줄도 인정할 줄도,
그래서 털어버릴 줄도 안다는 것이 나는 신기했다.

사실 나는 앤보다 더 좋은 환경에 놓여 있음에도,
이루지 못하고 가지지 못한 것들을 핑계 삼아
오늘을 탓하고 있는 것이다.
지금의 삶이 온전히 내가 살아온 결과임을 받아들이기에 나는 비겁했고,
그래서 이런저런 핑계로 그것을 포장하고 외면하고 있다.

나는 꼭 앤처럼 살고 싶었다.
빛나는 눈으로 사물을 아름답게 볼 줄 알고,
때로는 낭만에 잠겨 꿈꿀 줄 아는 아이로,
모든 사람에게 기분 좋은 힘을 나눠주는 행복한 사람이 되고 싶었다.
그러나 그것은 이야기이기에 가능하고,
내가 사는 곳이 그린게이블즈가 아니라 말하면서
앤처럼 살 수 없음을 변명한다.

사실은 그녀처럼 열정적이지 않으며,
주어진 것에 만족할 줄 모르면서,
긍정보다는 부정적 사고를 습관화하면서 최선을 다하지도 않은 채……

Wreath - 환영의 인사

당신이 어떠한 모습일지라도
내내 건강하고 행복하길…….
당신이 어떠한 마음일지라도
늘 행운과 함께하길…….

어떤 노래

나에게 달콤한 노래와 멋있는 연주 실력은 없어.
하지만 진심으로 말하는 법은 알고 있어.
무엇이 먼저였는지 모르지만,
행복해서 떠다니는 혹은 떠다니다 행복해진 어느 집시처럼
가식 없는 나의 진심을 너에게 들려줄게.

집으로

집에 가는 길이 너무 멀게 느껴지는 날이 있다.

늘 다니던 익숙한 길인데도 처음인 것처럼 낯설게 느껴진다면,
길 위에 서 있는 내가 낯선 이가 되었기 때문이다.
힘들고 지쳐서 나를 지킬 힘조차 남아 있지 않아
길들도 나를 몰라보기 때문이다.

쇼퍼홀릭

"'소유적 인간'은 자기가 가진 것에 의존하는 반면,
'존재적 인간'은 자신이 존재한다는 것, 자기가 살아 있다는 것,
기탄없이 응답할 용기만 지니면 새로운 무엇이 탄생하리라는 사실에 자신을 맡긴다."

에리히 프롬은 그렇게 인간을 분류했다.
소유를 통해 스스로를 증명하려는 인간과,
존재하는 것 자체로 스스로를 증명하려는 인간.
소유가 시작되면서 존재가 사라진다는 무서운 이야기가
잊을 만하면 옆구리를 찔러대는 통에
운동도 할 겸 겸사겸사 등산과 걷기를 시작했다.

힘들게 산을 오르고 내려오는 데에서,
두어 시간 한강을 따라 걷는 시간 속에서
스스로에게 많은 말을 건네며 존재를 찾는 사색의 시간을 갖고 있다.

이것저것 묻는 내게 산과 길이 답한다.
너는 기능 좋은 아웃도어를 소유하고 싶은 소유적 인간이라고······.

내일이 없는 듯 쇼핑을 해도 채워지지 않는 헛헛함이 있다.
심연의 외로움. 그것은 물질로는 채울 수 없는 공허의 자리이다.
그러나 달리 방법을 모르는 나는 무언가를 자꾸 소유하려 한다.

방울방울

퐁퐁퐁, 가장 가벼운 별들이 우아하게 날아오른다.
빛만이 알아볼 수 있는 투명한 세상이 번져가면,
까르르거리는 아이들의 춤이 찰나의 전율과 함께한다.
딱 그만큼만 작아지고 비워져서 사라지는 것이 무겁지 않았으면 좋겠다.

욕심, 미움, 다툼, 분노, 슬픔, 좌절, 외로움, 고통, 상처, 증오. 나.
베풂, 나눔, 배려, 관심, 사랑, 화해, 용서, 평화, 기쁨, 용기, 즐거움, 웃음. 너.

암벽등반

모든 끝이 정상과 닿아 있는 것은 아니다.
산다는 것은 종종 자신의 한계와 마주하며 좌절과 만나고,
극한의 의지와 손을 잡고 본연의 나와 만나게 되기도 한다.
그러는 동안 정상의 의미는 사라지고
산다는 행위 자체가 가치가 되는 것이다.

'춤을 추어라.'
'노래를 불러라.'
'농을 던져라.'
버튼을 누르면, 왕의 광대 부럽지 않은 재미난 극을 볼 수 있다.
그러나 내일이면, 내가 세상의 광대가 되어 온 힘을 다해 춤을 춰야 한다.

소파의 일요일

거짓말이었으면 좋겠다.
벌써 해는 기울고, 자고 나면 월요일 아침이라니…….

그럴 리 없다.
나는 아직 충분히 놀지도 쉬지도 않았는데 이럴 수는 없다.
왜 주말은 마하의 단위로 지나가고,
주중은 여름날 달팽이처럼 더디게 가는 걸까?

일요일 오후가 되면 시곗바늘은 큰 소리를 내며 움직이고,
괜스레 리모컨을 이리저리 눌러대며 칭얼거려도 본다.

'빠~밤 빠밤 빠빠빠바~ 빠밤.'
멀리서 죠스처럼 무거워진 월요일이 다가오는 중이라
오싹함마저 느껴진다.
그래도 질끈 눈 한 번 감고 나면
사랑스러운 금요일 밤이 오긴 오겠지…….

완전하게 안전한

치열한 보금자리.
그러나 가장 뜨거운 사랑으로 지켜지는 곳.

똑똑똑

문을 두드리면 내가 모르는 세계가 열린다.
안에는 수많은 친구가 있고, 맛있는 이야기가 있다.
그러나 매번 그 앞에서 망설이는 것은,
문 안 세상에 대한 궁금증보다 두려움이 앞서기 때문이다.

익숙해진 것을 벗어던질 용기만이
새로운 세상을 볼 수 있는 기회를 만든다.

누가 아는가?
다른 세상에서 당신을 쫓아오는 황금알 낳는 거위떼를 만나게 될지…….

똑똑똑.
똑똑.

우리보다 하위동물로 여겨지는 많은 동물들도
배가 부르면 싸우지 않는다.
얼마나 더 배가 부르고 얼마나 더 많이 가져야
싸우지 않고 남의 것을 탐내지 않을까?

마녀수프

옛날옛날, 아주 오래된 옛날부터
특별한 수프를 만드는 법이 마녀들에 의해 전해져왔다.
기록된 바로는, 한 그릇만 먹으면
죽을 때까지 배가 고프지 않고 건강하게 살 수 있다고 한다.

다만 이 수프 맛이 좀 고약해서
성질 사나운 고양이의 오줌 맛이 나고,
개똥벌레의 땀 냄새가 난다고 한다.

그나마 다행인 것은,
그 색이 고와서 천년 중 가장 아름다운 봄의 색을 가졌다는 것이다.

지금까지 사람들에게 한 번도 공개된 적이 없는 수프였지만,
이제 그들에게 나눠줘야 할 때가 된 것 같다.
먹을 걱정이 없어지면 싸우지 않고, 욕심 부리지 않고,
친절해지지 않을까 해서 정성껏 수프를 끓이기로 한다.

여행을 떠나요

배낭 하나에 필요한 짐을 다 쌀 능력이 된다면
천국에라도 갈 수가 있다.
그러나 고질적인 선택 장애와 부질없는 물욕이
매번 아무 데도 갈 수 없게 만든다.

'빠르게, 빠르게' 슬로건처럼 빠름을 강요하는 속도의 나라에 살다보니,
어느새 느리다는 것은 게으르다는 것이 아닐까 생각하게 된다.
없던 일도 만들어야 하고,
무언가를 꼭 하고 있어야 하는 매일매일을 어찌나 바쁘게 보내는지,
이제는 일이란 녀석이 나를 덮치고 있었다.

허우적거리다 지치기라도 하면 쉼에게 나를 내어줘야 하는데도,
나는 억지로 일을 붙잡고
잘해내지도 손에서 놓지도 못하는 바보가 되어 있곤 한다.
그러다 정말 지쳐서 쉬게 되는 날이 오면
그때부터는 불안해지기 시작한다.

너무 바빠서 꼼짝도 못할 때는 바다도 보고 싶고,
이 일만 끝나면 내게 광란의 놀이를 선물하리라 다짐했다가도,
정작 그런 날이 오면 어떻게 해야 하는지를 모르겠다.
백치라도 된 것처럼 멍하니 있다가 이내 불안해지기 시작한다.
나만 이렇게 놀고 있는 것은 아닌지,
이러다 한참을 뒤처져 세상에서 버려지는 것은 아닌지,
무슨 큰일이라도 나는 것처럼 초초해진다.

결국은 그 조급한 마음을 참지 못하고
쉼 없이 다시 일거리 속으로 풍덩 뛰어들고야 만다.
지칠 대로 지쳐서 더 이상 꺼내 쓸 에너지도 충전하지 못하고
다시 달리기를 시작하는 것이다.

쉬지 않고 자랄 수는 없다. 휴식 없이 달릴 수도 없다.
쉼 속에서 다시 자라고 달릴 수 있는 에너지가 만들어지고,
진정한 휴식 속에서 빠른 것보다
훨씬 효율적이고 창의적인 생각들도 자라난다.
비워야 새로운 것을 채울 수 있듯
큰맘 먹고 나를 비워내는 휴식다운 휴식을 권할 때가 왔다.

나는 이 일이 끝나면 생각 없이 짐을 꾸리고 여행을 떠나볼 생각이다.
나를 덮치던 일 따위를 팽개쳐버리고
세상에 나만 있는 것처럼 놀아볼 생각이다.
다녀와서 말하리라. '하얗게 불태웠어'라고.

한 뼘 한 뼘

초판 1쇄 발행 2014년 9월 3일 초판 3쇄 발행 2014년 10월 14일

지은이 강예신 펴낸이 연준혁

출판6분사분사장 이진영
편집장 정낙정 편집 박지수 최아영
디자인 윤정아 제작 이재승
기획분사 박경아

펴낸곳 (주)위즈덤하우스 출판등록 2000년 5월 23일 제13-1071호
주소 경기도 고양시 일산동구 정발산로 43-20 센트럴프라자 6층
전화 031)936-4000 팩스 031)903-3893 홈페이지 www.wisdomhouse.co.kr
종이 월드페이퍼 인쇄·제본 현문 특수가공 이지앤비_특허 제10-1081185호

값 12,800원 ⓒ 강예신, 2014 ISBN 978-89-5913-825-8 03810

국립중앙도서관 출판시도서목록(CIP)

한 뼘 한 뼘 / 지은이: 강예신. -- 고양 : 위즈덤하우스,
2014
  p. ; cm

ISBN 978-89-5913-825-8 03810 : ₩12800

화가(미술가)[畵家]
산문집[散文集]
한국 현대 문학[韓國現代文學]

818-KDC5
895.785-DDC21   CIP2014024731